August Wilhelm Iffland

Die Jäger

Ein ländliches Sittengemälde in fünf Akten

August Wilhelm Iffland
Die Jäger
Ein ländliches Sittengemälde in fünf Akten
ISBN/EAN: 9783743425149
Hergestellt in Europa, USA, Kanada, Australien, Japan
Cover: Foto ©Andreas Hilbeck / pixelio.de

Manufactured and distributed by brebook publishing software (www.brebook.com)

August Wilhelm Iffland

Die Jäger

Die Jäger.

Ein ländliches Sittengemälde in fünf Akten

von

A. W. Iffland.

Stuttgart.

Verlag der Expedition der Freya.

(Carl Hoffmann.)

1868.

Einleitung.

Wenn man die Namen aufzählt von Männern, die zu einem Berufe, zu einer Kunst geboren waren, so darf Iffland nicht vergessen werden, dessen erster und letzter Athemzug dem Theater gehörte. Er wurde am 19. April 1759 als der Sohn eines angesehenen Beamten in Hannover geboren und mit aller Sorgfalt erzogen. Als in seiner frühesten Knabenzeit ein Strahl von den Wundern der Bühne in sein Auge fiel, zündete er nach der Brust und fachte dort ein Feuer an, das nicht mehr zu löschen war. Arbeit und Spiel, Absichten und Wünsche, all sein Thun und Denken wurde von dem einen magischen Punkte bestimmt und angezogen. Auf kunstmäßige Rede und Aktion, auf mimische Darstellung von Seelenzuständen und Leidenschaften blieb sein ganzes Streben gerichtet. Er fühlte und erkannte, daß er nur als Schauspieler er selbst sein und werden könne, daß sein Naturell und seine Fähigkeiten nur in dieser Laufbahn einen beglückenden Bund schließen werden. In diesem Bewußtsein durchbrach er die Hindernisse, die sich seinem Vorhaben entgegenstellten, mit Gewalt und verließ am 22. Februar 1777 heimlich das Vaterhaus. Sein Ziel war das Gothaer Theater, um bei Eckhof, der demselben vorstand, in die Schule zu gehen, und schon am 15. März trat er dort, als Jude in Engels Diamant, zum ersten Mal auf. Dann folgte eine ruhmvolle Laufbahn in Mannheim (1779 bis 1796) und in Berlin, wo er am 22. September 1815 als Generaldirektor der königlichen Schauspiele starb. Seine letzte Rolle war der Luther in Werners Weihe der Kraft, und sein letztes Auftreten geschah am 23. Januar 1814, in einem von ihm selbst verfaßten Festprolog, worin er Friedrich den Großen vorstellte. Im komischen Fach war er hinreißend, in der Darstellung von Biedermännern und Weltleuten fein und schöpferisch, im Tragischen durch die Beschaffenheit seines Körpers und Geistes beschränkt. Die Bühne war ihm, was dem Fisch das Wasser ist, seine Heimat, sein Element, sogar seine Arzenei, wenn ihn Verdruß oder Unpäßlichkeit bedrängte. Sich selbst und seine Kunstgenossen zu immer höheren Stufen auszubilden, die Ehre und die Interessen seines Standes zu wahren, Mißbräuche zu verbannen, ein edles Ganzes auf sicheren Grundlagen aufzubauen, war sein unablässiges Bemühen. So wirkte er auf zahlreiche Schüler, die seinen Styl und mehr noch seine Manier fortpflanzten.

Als gegen das Ende des vorigen Jahrhunderts die Gichtrosen der Ritter- und Paradestücke abgewelkt waren, und das Publikum nach neuem Flor begehrte, da machte sich Ifflands Rüstigkeit daran, die Lücke auszufüllen. Er schrieb Schauspiele, sogenannte bürgerliche Rührstücke, im Verlauf der Zeit gegen fünfzig. Die Jäger entstanden als viertes 1785 in seiner Mannheimer Zeit, und wurden zuerst auf dem Gesellschaftstheater des Fürsten von Leiningen zu Dürkheim gegeben. Eine ihm inwohnende Schreibseligkeit und eine gewisse Salbung, die gern in Worten kramte, kmen ihm bei diesen Arbeiten trefflich zu Statten. Freilich sind es nur Arbeiten, die nur dem Augenblick dienten — mißconstruirte Bauten, die, wo man sie jetzt anfaßt, zusammensinken. Wie könnte es ungestraft bleiben, wenn einer, ohne Dichter zu sein, sich an das Drama wagt, und noch dazu eine Gattung anbaut, die sich auch dem Dichter verbietet? Iffland suchte auf das natürlichste die Natur darzustellen, die wir jede Stunde auf der Straße, bei unsern Nachbarn, noch viel natürlicher sehen und hören können, und suchte damit zu rühren und zu bessern. Seine Stücke sind ganz Tendenz, ganz Prosa, liegen ganz außerhalb der Kunst. Zuletzt arbeitete er gar nach der Schablone und gerieth völlig in den Sumpf. Seine Charaktere gleichen den Figuren auf den Spielkarten; sie sind unwesenhaft, unkomplet, unpersönlich; es sind abstrakte Tugenden, Schwächen, Laster, deren gespensterhaftes Treiben uns keinen Antheil abgewinnen kann. In den Jägern ist der Oberförster nur derbe Redlichkeit, die Oberförsterin nur haushaltende Beschränktheit, Anton nur blinde Hitzköpfigkeit, der Amtmann nur trockene Schurkerei, der Pastor nur süßliche Toleranz, und so durchgehends. Welch köstlicher Zug ist es, wenn der Amtmann in seiner Auseinandersetzung mit dem Oberförster diesem kitzelnd in die Seiten greift; allein dieser Zug ist dieser Amtmannsfläche nur aufgeklebt. Das Schlimmste aber ist, daß uns Antons Unschuld, auf welche der Totaleffekt des Stückes gebaut ist, ungerührt läßt, nachdem wir ihn als jähen Raufer kennen gelernt, wie wir andrerseits dem alten Fritz die Unthat an Matthes gar nicht beimessen. Doch es wäre der Ausstellungen kein Ende, da dergleichen Theaterstücke nicht an einzelnen Gebrechen leiden, sondern durch und durch krank sind und ihren Zusammenhang nur der verschworenen Masse ihrer Fehler verdanken.

Hat nun aber die Menge zur Zeit noch wie für unmusikalische Musik, so für undichterische Dichtung das geneigtere Ohr und den offeneren Beutel: so wäre vor allem zu wünschen, daß auf der für die Kunst bestimmten Scene nur Kunstwerke aufgeführt und die Surrogatprodukte in Schaubuden und Gartensäle verwiesen würden, wo sie mit andern Veranstaltungen für Belustigung und Rührung um den Rang streiten könnten. Nur so wäre die Sonderung des Schauspielers vom Komödianten zu erreichen, die sich beide um der Gunst und des Brodes willen sogar in einer und derselben Person die Hand reichen müssen. Ein Violinist, der eine edle Geige besitzt, würde es für entweihenden Frevel achten, wenn dieses Instrument zu Gassenhauern und Tonfratzen mißbraucht würde — und eine Geige ist nur ein Kasten von Holz — aber ein Schauspieler, von der Natur ausgestattet, von der Methode geschult und verfeinert, um die kunstvollsten Gebilde des Dichtergeistes zur Erscheinung zu bringen — der sollte seine Organe der Ungestalt, dem Aberwitz herleihen müssen? Und kann er es thun, ohne an Leib und Seele Schaden zu nehmen, ohne seinem Beruf, ja der Menschenwürde entfremdet zu werden? Wahrlich, noch gar Vieles muß bei uns anders werden, ehe der Schauspieldirektor, wie einst bei den Indern, es wagen kann, die Vorstellung mit Anrufung des Weltgeists zu eröffnen, und an die Zuschauer Worte zu richten, wie folgende:

> Vernehmet nun geneigten Sinns, o Freunde,
> Des Dichters Werk, das Himmelsmächte ihm
> In seine holderregte Seele legten.
> Erheben laßt euch auf der Dichtung Schwingen
> Hoch über Erdensorg' und Staub, empor
> Zu reinern Sphären, wo die Schönheit wohnt.

Personen.

Oberförster Warberger zu Weissenberg.
Oberförsterin, seine Frau.
Anton, ihr Sohn, Förster zu Weissenberg.
Friedrike, Nichte und Pflegetochter des Oberförsters.
Amtmann von Zeck zu Weissenberg.
Kordelchen von Zeck, dessen Tochter.
Pastor Seebach zu Weissenberg.
Der Schulze zu Weissenberg.
Matthes, } Jäger bei dem Oberförster.
Rudolph,
Barth, Gerichtsschreiber zu Leuthal.
Die Wirthin zu Leuthal.
Bärbel, ihre Tochter.
Reinhard,
Kappe, } Bauern von Leuthal.
Romann,
Jägerbursche. Bauern.

Erster Akt.

Ein Zimmer bei dem Oberförster.

Erster Auftritt.

(Rudolph. Matthes.)

(Rudolph, die Jagdtasche um, stellt sein Gewehr an die Seite, und geht in ein Seitenzimmer linker Hand. Darauf Matthes — gekleidet, frisirt, aber eine weiße Nachmütze auf.)

Matthes (träge mit langsamem Gang, die Hände in den Taschen). Rudolph — Rudolph! der Kerl ist taub. He Rudolph! —

Rudolph (inwendig). Was giebts?

Matthes. Ich will dir was sagen.

Rudolph (im Gewehrputzen herauskommend). Ich habe keine Zeit — der Alte ist grämlich, daß wir noch nicht fort sind. — Da — halt einmal, ich will —

Matthes. Eure Gewehre? Ich bin ein schlechter Kerl, wenn ich eins anrühre!

Rudolph. Hoho! das wird dir der Alte schon weisen.

Matthes. Mit dem Weisen hat es sich wohl. Meine Zeit ist um. — Heute Mittag trag' ich die Amtslivree.

Rudolph. Du? — Ziehst zum Amtmann?

Matthes. Ja.

Rudolph. Hast du doch nicht eher geruht, bis du den ehrlichen alten Fritz dort weggelogen hast? Was will der Alte nun anfangen? der muß betteln mit Weib und Kindern!

Matthes. Hm — Ist mir der junge Herr vom Amte doch recht nachgelaufen.

Rudolph. Zum Amtmann? — zu dem? — Pfui! das sieht dir ähnlich.

Matthes. Hängt das Maul, so tief ihr wollt — Hier kann ich es nicht aushalten.

Rudolph. Weil es hier arbeitsam, ehrlich und still zugeht?

Matthes. Sapperment! mein Vater war hier Oberförster; in den Stuben hier bin ich groß gezogen — nun soll ich gemeiner Jäger bei euch sein! Meint ihr —

Rudolph. Hättest du was gelernt — wer weiß — so wohntest du wohl jetzt hier.

Matthes. Nun, nun — es ist nicht aller Tage Abend — Ich kann noch — wer weiß? Was sein soll, schickt sich wohl. Aber was ich sa-

Iffland, Die Jäger. 1

gen wollte — Ich höre ja, die Jungfer Base vom jungen Herrn Förster, Mamsell Friedrikchen, kommt heute aus der Stadt wieder.

Rudolph. Nun und wenn?

Matthes. Da wird es ein Aufhebens geben, wenn der Tugendspiegel wieder da ist. Sie ist zwar die Herzallerliebste vom Herrn Förster — aber —

Rudolph. Ei laß mich ungeschoren. Schickst dich brav zum Amtslakaien; kannst spioniren, lästern, saufen, und dir Geld in die Hand drücken lassen — Mir ist's recht, daß es mit der Kammeradschaft ein Ende hat. — Ich habe zu thun — leb' Er wohl. — Hör Er — das muß ich ihm noch sagen — nehm' Er's krumm oder gerade — Ich halte nichts auf den Kerl, dem der schlichte grüne Rock in Ehren nicht lieber ist, als der beblechte Rock vom Amte in Unehren.

(Geht in das Seitenzimmer).

Matthes (in der Thüre ihm nachrufend). Empfehle mich, Herr Geheimerath! (Im Umdrehen.) Dir brech' ich auch noch einmal den Hals!

Zweiter Auftritt.

(Anton. Matthes.)

Anton (kurz). Wo ist Rudolph?

Matthes. Da drin. (Anton will hinein.) Mich lassen Sie wieder zu Hause?

Anton. Was soll man mit euch? Man kann euch ja zu nichts brauchen; ihr versteht keine Fährte.

Matthes. Schon recht. — Herr Förster!

Anton. Was giebt's?

Matthes. Heute zieh' ich ab.

Anton. Mir recht.

Matthes. Glaub's wohl! Ich ziehe auf's Amt.

Anton. Hm — meinetwegen.

Matthes. Empfehle mich zu geneigtem Andenken. (Geht.)

Anton (ins Seitenzimmer gehend). Schon gut.

Matthes. Wart', gestrenger Herr Förster — und Oberförster Adjunktus in Gedanken — ich will es dir noch besser münzen. (Sieht in das Zimmer, indem er die Mütze abnimmt.) — Herr Förster — (Mit einer Verbeugung, freundlich). — Herr Förster, noch auf ein Wort.

Anton. Schleicht der Kerl den Leuten immer nach, wie ein Zollvisitator! Was soll werden?

Matthes. Kommt denn das Wunderthier heute noch an?

Anton. Was für ein Wunderthier?

Matthes. Die Stadtmamsell.

Anton. Wen meint ihr?

Matthes. Je nun — Ihre Jungfer Friedrike.

Anton (giebt ihm eine Ohrfeige). Bursche, spreche Er den Namen mit Respekt aus!

Matthes (ohne die Manier verändert zu haben). Nun, nun, nur sachte! Wüßten Sie, was ich weiß!

— Sie hätten mir die Ohrfeige nicht gegeben. (Will fort.)
Anton (reißt ihn zurück). Was wißt ihr? Von wem? was?
Matthes. Ich habe Ihre Ohrfeige — aber auch meine Nachricht (geschwind), und damit gehen Sie Ihrer Wege, ich meiner.
Anton. Kerl, ich prügle euch, daß ihr liegen bleibt, wenn ihr nicht sprecht!
Matthes. Wenn ich nicht sprechen will, so thu' ich es nicht, und wenn ich todt geschlagen würde. (Kalt). Und nun bleibe ich da, und spreche nicht.
Anton. Das will ich sehen. (Sucht nach einem Stock, findet das Gewehr und reißt den Ladestock heraus). Und wenn das ganze Haus wach würde — was wißt ihr? — Ich habe das Mädchen lieb; es ist meine Base; ich will sie heirathen. Was wißt ihr? (Packt ihn an der Brust.) Lahm prügle ich euch — was wißt ihr?
Matthes (ohne von der Stelle gerückt zu sein, hält mit einer Hand die des Försters, mit der andern den aufgehobenen Ladestock). Hören Sie mich doch!
Anton. Nichts, kein Wort — was wißt ihr?
Matthes. Prügeln Sie mich hernach; aber hören Sie mich erst!
Anton (läßt den Stock sinken). Hurtig!
Matthes. Sie wollen mich prügeln — aber ich leide es nicht, ich setze mich zur Wehre. — Sie prügeln mich — ich schlage Ihnen ins Gesicht. — Sie treten mich mit Füßen, ich jage Ihnen den Hirschfänger durch den Leib. Dabei kommt nichts heraus. Ich brauchte Ihnen nichts zu sagen; weil Sie aber das Mädchen heirathen wollen, mag es drum sein! — Hier — sind zwei Stück Papier.
Anton (darnach fassend). Was sollen die?
Matthes. Geduld. Die fand ich auf dem Amte, vor der Stube des jungen Herrn, im Kehricht.
Anton. Gebt her.
Matthes. Geduld — Das hier — ist ein Konzept — verstehen Sie mich — der rechte Brief an Jungfer Friedriken nämlich ist fortgeschickt. — Da.
Anton (liest; er zeigt Unruhe). Hat Friedrike geantwortet?
Matthes (lacht). Nun — sie ist ein Mädchen —
Anton. Hat sie geantwortet?
Matthes. Nicht geantwortet, also eingewilligt und kommt —
Anton. Matthes —
Matthes. Er ist ihr in dem neuen Wagen mit den Füchsen entgegen gefahren —
Anton. Wenn sie geantwortet hat —
Matthes. Er ist so recht darnach angezogen. Den seegrünen Frack — offnes Haar —
Anton. Matthes — ich weiß, ihr könnt mich nicht ausstehen, ihr lügt oft — aber ich will es euch vergeben, wenn ihr's gesteht. Ihr

1*

habt meine englischen Schnallen gern haben wollen: ihr sollt sie haben — gleich haben — wenn ihr es mir sagt.

Matthes (auf seine Schnallen sehend). Hm — ich habe Schnallen.

Anton. Da ist Geld.

Matthes. „Der Bube kann nichts verschenken" sagt der Herr Oberförster.

Anton (den Brief ansehend). Schurke! — es ist Alles erlogen.

Matthes. Er reis't ihr eben entgegen.

Anton. Kerl! Nein! sie hat nicht eingewilligt!

Matthes. Sie sind ärgerlich. Ja, wer läßt sich auch gern betrügen! In Heirathssachen ist das so, so — Aber hol's dieser und jener! Sie müssen ihr auch was zu Gute halten — es ist ein junges, einfältiges Ding.

Anton. Kerl, du bist ein Schurke und sie hat nicht eingewilligt.

Matthes. Was ich weiß, müssen Sie errathen. — Mit dem Schurken währt es übrigens nur noch 3 Stunden — Schlag 9 Uhr kann ich darauf dienen.

(Geht ab).

Dritter Auftritt.

(Anton. Hernach Rudolph.)

Anton. Es ist nicht möglich — nein, wahrlich nicht. Matthes war immer ein schlechter Kerl — Die Hand? die Hand ist es freilich — daß er ihr immer nachschlich, ist auch wahr. Dazu bin ich schlichtweg — habe wenig. — Sie war in der Stadt, hat seitdem das prächtige Leben kennen gelernt — Der Kerl ist reich und — Mädchen, Mädchen! wenn du mich betrügst —

Rudolph (mit Anton's Gewehr). Da. Der Garten ist nicht offen, wir müssen durch's Dorf gehen — Pulver haben Sie, glaube ich, noch.

Anton (im Auf- und Niedergehen). Genug.

Rudolph. Aber keine Kugeln? — Da, hier sind welche.

Anton. Her damit! Gut so. — Zwar — nein. Nimm die Kugeln wieder. — Hier. Gieb mir Schrot.

Rudolph. Num. 1?

Anton. Num. 3.

Rudolph. Num. 3? Und groß Wildpret?

Anton (reißt es ihm aus der Hand und ladet). Her! Komm mir in den Weg, Spitzbube! Komm mir in den Weg! — ich will dir Antwort bringen, daß dir Hören und Sehen vergehen soll.

Rudolph. Es liegt Ihnen was im Kopf — mein' ich.

Anton (ladet fort). Halt's Maul.

Rudolph. Leicht gerathen und bald gethan. Vorwitz plagt mich nicht — aber ich habe Ihretwegen manches Ungewitter von dem alten Herrn auf mich genommen, werde es wohl auch ferner noch; darum denke ich —

Anton. Rudolph — der Schuß hier — der ist für den Amtmannsbuben.

Rudolph. Aber —

Anton. Geh, wohin du willst — ich geh' auf die Straße nach Waldau. Komm!

Rudolph. Nicht von der Stelle, bis ich weiß, was Sie gegen den Kerl haben.

Anton. Der Junge! der Bube! hat wieder an Friedriken geschrieben — einen Liebesbrief, eine Schandbestellung!

„Liebes Friedrikchen! Sie werden nun dem Vorschlage meiner Eltern nachgedacht und für mich entschieden haben. Meine Person dürfte leicht so viel Interesse einflößen, wie der abgeschmackte Jägersbursche, der bei allen Dirnen zu finden ist. Kommt hierauf keine Antwort, so sehe ich meinen alten Vorschlag als von Ihnen eingewilligt an, und reise Ihnen morgen früh nach Waldau heimlich entgegen. In jedem Fall wird dieses Rendezvous eine glückliche Stunde gewähren Ihrem ewig treuen —
Peter von Zeck."

Und sie hat nicht geantwortet, und er reiset ihr jetzt entgegen — und — und — — Lahm schieße ich den Hund, wo ich ihn finde!

Rudolph. Wer gab Ihnen denn das?

Anton. Matthes.

Rudolph. Matthes? Nun ja —

Anton. O sieh, es ist die Hand.

Rudolph. Der Kerl ist ein Schurke.

Anton. Aber der Bube reis't ihr jetzt entgegen, und die Hand ist es doch, beim Teufel!

Rudolph. Kann Alles sein. — Wissen Sie doch, wie Sie mit Friedriken stehen.

Anton. Ei, was! Die Mädchen sind eitel und falsch. Sie schwören und liebäugeln und winseln und putzen sich, Jedem zu gefallen. Mag ein ehrlicher Kerl drauf gehen oder nicht, was kümmert sie das?

Rudolph. Pfui! Friedrike ist —

Anton. Rudolph — So von ganzer Seele wie wir, lieben die Mädchen nicht! (Hängt die Jagdtasche um.) Ich habe sie so lieb — Ach Rudolph, ich habe sie so lieb!

Rudolph. Und werden sie brav finden.

Anton. Wenn sie es nicht ist — sieh, des Lebens hier bin ich satt. Mein Vater behandelt mich wie einen Jungen — ich habe ausgehalten ihr zu Liebe. — Betrügt sie mich — so gehe ich fort, werde Soldat, und giebt's keinen Krieg, so mache ich einen dummen Streich. Dann jagen sie mir eine Kugel durch den Kopf und es ist aus. Komm! —

(Will ab.)

Vierter Auftritt.

(Vorige. Oberförsterin mit einer Lampe.)

Oberförstn. J, schönen guten Morgen, Anton — schönen guten Morgen.

Anton. Danke, liebe Mutter, danke.

Oberförstn. Ausgeschlafen, Anton? Ausgeschlafen? — Ihr geht heute wieder früh aus. Das ist ein Leben! — Keine Ruh und keine Rast.

Anton. Je nun, was will das sagen? Adieu.

Oberförstn. Warte doch noch — warte. (Er geht nach der Thüre.) Ei, ich will's haben, du sollst warten. (Anton kommt.) Ist das nicht ein Wetter! J, du mein lieber Himmel!

Anton. Wird schon hell werden. Adieu, Mutter! Es wird wahrhaftig zu spät.

Oberförstn. Nur einen Augenblick. „Hell werden?" — Rudolph, treibe, daß der Kaffee kommt — (Rudolph ab.) „Hell werden" sagst du? Der Mond hatte gestern Abend einen Hof, Anton. Er war nicht so viel hell, als ein Speziesthaler groß ist; dann wird es denn all' mein Tage den andern Tag kein helles Wetter.

Rudolph. Hier bringe ich den Kaffee schon, Madam.

Oberförstn. Gut, gut. Nun Anton — (Schenkt ein.) Geschwind trink ein Schälchen, Anton.

Anton. Ich kann nicht. Ach Gott, es ist mir ohnehin heiß genug.

Oberförstn. Was heiß? Es ist rauhes Wetter. Der Kaffee wärmt den ganzen Menschen — trink nur! (Sie zwingt ihm eine Schale auf.) Hast du auch die Brust gut verwahrt, Anton? (Sie knöpft ihm, indeß er trinkt, die Weste bis an den Hals zu, die Flinte liegt ihm im Arme, er hat den Hut auf.) Ei, laß doch die Knöpfe zu, Anton! Was das für eine alberne Mode ist! Da wird der Magen verkältet, die Gesundheit nicht konservirt, und das junge Volk stirbt hin. Die Brust verwahrt, die Brust verwahrt! das war eine goldene Regel bei uns Alten! — nun trinkst du noch eine.

Anton (mit dringender Eile). Mutter, ich muß wahrhaftig fort.

Oberförstn. Nun so geh. Höre, wenn Riekchen nur ein paar Tage da ist; so soll sie dir ein Leibchen nähen. Da, nimm das Tuch, halt den Hals hübsch warm — hörst du?

Fünfter Auftritt.

(Vorige. Oberförster. Hernach Matthes.)

Oberförster. Noch hier? — Plagt dich denn —

Anton. Eben wollte ich — (Will gehen.)

Oberförst. Bleib! — Matthes!

Matthes (kommt).
Oberförst. Seine Nachtmütze. (Matthes ab.) Wieder ins Bette! Ich will fort.
Anton. Ich war schon auf dem Wege, aber die Mutter —
Oberförsterin. Ich — — hatte ihm was zu sagen. Ich habe es ihm befohlen, er sollte da bleiben.
Oberförst. Das ist ein ander Ding. (Zu Anton.) So mußtest du da bleiben. (Zu Matthes.) Geht eurer Wege! (Zur Oberförsterin.) Faß dich ein andermal kürzer.
Anton. Adieu, Vater.
Oberförst. Aufgepaßt — nicht eingekehrt — Fix! um zehn Uhr wieder hier. Allons, marsch! (Anton und Rudolph ab.)
Oberförstn. Ruf' ihm doch nach, sag' ihm, daß er von der Sau wegbleibt. Christian ist erst gestern geschlagen, und —
Oberförst. Wenn du sie anlaufen lassen willst, so kann er zu Hause bleiben.
Oberförstn. (mit gutmüthigem Auffahren). Ei was! ich muß dir meine Meinung einmal kurz weg sagen.
Oberförst. Ha, ha, ha! das kannst du nicht.
Oberförstn. Was? Was kann ich nicht?
Oberförst. Kurz weg sprechen.
Oberförstn. Nun, so will ich gar kein Wort sprechen. (Geht an den Kaffeetisch, schenkt ein und murmelt dazu.) Man möchte ersticken!
Oberförst. Wenn du beim Nachtwächter anfängst, so hörst du beim türkischen Kaiser auf.
Oberförstn. Aus dem ewigen Bellen und Lärmen kommt nichts heraus. Der Junge ist so übel nicht.
Oberförst. Richtig, darum soll er noch besser werden.
Oberförstn. Hm — ein Mensch ist kein Engel, und Anton —
Oberförst. Nun — hat auch noch zu laufen bis dahin.
Oberförstn. Das verwünschte Auffahren — das!
Oberförst. Bilde dir nicht ein, daß du ihn lieber hättest, als ich. Der Junge ist wild, wie der Teufel. Wenn ich gut wäre, wie eine Schlafmütze; ich glaube, er steckte uns das Haus über dem Kopf an. — He — Matthes!
Matthes. Herr Oberförster!
Oberförst. Mein Morgenbrod!
Matthes (geht ab).
Oberförstn. Höre einmal — wie steht es denn mit Mamsell Kordelchen vom Amte?
Oberförst. Ist sie krank? Frag' den Doktor.
Oberförstn. Nicht doch. Ich meine — hm — wunderlich — ich meine —
Oberförst. Was?
Oberförstn. Wenn mein Anton Mamsell Kordelchen heirathete. (Matthes bringt ein Glas Wasser und Brod, nebst einem Messer.)
Oberförst. (mit bedeutend verdrießlichem Blick). Darauf weiß ich dir nicht zu antworten. — Matthes

— ist dem Schulzen sein Bauholz angewiesen?

Matthes. Ja.

Oberförst. Um welche Zeit?

Matthes. Gestern Abend um vier Uhr.

Oberförst. Es ist gut. Ihr habt mich zeither oft belogen; wenn dieß wieder nicht wahr ist, schicke ich euch fort. Eure Zeit ist ohnedieß heute ganz um.

Matthes. Herr Oberförster — ich nehme es an, und ziehe gleich ab.

Oberförst. So? — Nun — wenn ihr wollt, ich kann schon wollen. — Da ist euer Geld.

Matthes. Empfehle mich. (Geht ab.)

Oberförst. Gute Besserung. Ich bin froh, daß ich den Menschen los bin — es ist ein böser Bube.

Oberförstn. (die wieder an ihren Kaffeetisch gegangen war). Gift und Galle muß man trinken!

Oberförst. Was?

Oberförstn. Ich sage kein Wort, — kein Sterbenswort. Aber — aber — es drückt mir das Herz ab, wenn ich so sehen muß, daß —

Oberförst. Es ist kein Auskommen mit der Frau. — Nun — ich will es einmal aushalten. Sprich — sag Alles, was du weißt; aber Alles! denn so bald kriegst du mich nicht wieder.

Oberförstn. Sag' mir nur, wozu bin ich da? Immer muß ich Unrecht haben. Dieß hätte ich so machen können, das wieder anders. Hier habe ich gesündigt, dort habe ich einen Bock geschossen. Bald hätte ich reden, bald schweigen sollen. Wenn ich den Mund aufthue, habe ich Unrecht. Was ich rede, ist einfältig. Ei, wozu hat man den Mund, als zum Reden!

Oberförst. Nun, mein Kind — ha, ha, ha — dazu brauchst du ihn auch.

Oberförstn. Ich? wer — ich? Wann läßt du mich denn wohl zum Worte kommen? Wo darf ich meine Meinung sagen? Auf Martini werden es zwei Jahre, daß ich zuerst von der Heirath gesprochen habe — da ging das Unglück los. — Nun — ich habe geschwiegen — geschwiegen, was ich konnte. Nachher hat es der Herr Amtmann mir wieder unter den Fuß gegeben; aber, so wie ich nur den Mund aufthat —. ward ich ja angelassen! Jetzt hat die Frau Amtmännin in der Kirche wieder angefangen: „Mamsell Kordelchen hätte meinen Anton gar zu gern." Nun — denke ich, Ehen werden im Himmel geschlossen — und wenn es Gottes Wille ist, daß mein Anton Mamsell Kordelchen heirathen soll, so werden wir nichts dazu und nichts davon thun können. Ich habe es gesagt. — Du bist Vater, wie ich Mutter. — Thu' nun, was du willst — ich sage kein Wort mehr!

Oberförst. Bist du fertig?

Oberförstn. Ja.

Oberförst. Nun sprich nicht eher wieder, bis ich dich frage.

Oberförstn. O ich will nichts — gar kein Wort will ich sagen.
Oberförst. Noch besser. Das Amt hat dir also die Heirath recht nahe gelegt?
Oberförstn. Ja. Nahe — ganz nahe.
Oberförst. Nun, eben darum liegt mir die Sache weit, weit — ganz weit.
Oberförstn. Nun, da haben wir's! Warum denn? Sag' warum?
Oberförst. Sieh, mein Kind, was man so unter dem Preise weggiebt, pflegt kein gangbarer Artikel mehr zu sein.
Oberförstn. Was? — Mamsell Kordelchen —
Oberförst. Kurz, ist ein alter Ladenhüter.
Oberförstn. Wollte nicht der — hm — der — was war er — unter den Kürassieren — und hernach der Oberbereiter von — von Dings da! Wollten die sie nicht alle beide heirathen?
Oberförst. Sie haben es gewollt, als sie auf dem Amthof logirten. Du lieber Himmel! was wollen solche Herren nicht, wenn sie freie Tafel spüren! Hernach sind sie weggeritten und haben es vergessen. Kurz — es geht ihr mit ihren Liebhabern, wie uns mit unserm Röhrwasser — sie bleiben aus. Zum Nothbedarf ist mein Sohn überall zu gut. Zum Nothbedarf für eine Gaunerfamilie nun vollends.
Oberförstn. Gott bewahre! was das für Reden sind!

Oberförst. Verplaudre ich da wieder meinen Morgen mit dir. — Es ist überhaupt noch zu früh für ihn — der Junge soll gar noch nicht heirathen. Punktum.
Oberförstn. Und die schöne Doppelmariage, die das gegeben hätte, wenn Monsieur Zeck Rieckchen geheirathet hätte!
Oberförst. Ist das nicht ein Kreuz mit den Weibern! Sind sie jung — so lassen sie sich freien; und ist die Rechnung geschlossen, so haben sie die Wuth, andre zu verfreien. Nun, nun — nur nicht böse! Du bist sonst ein kreuzbraves Weib, fromm — redlich — wie ich sage, kreuzbrav — bis auf den alten Weiberverstand und die Liebe zu den harten Thalern — kreuzbrav!
Oberförstn. Die harten Thaler? Ja, wenn ich nicht gewesen wäre! Bei dir würde es ja heißen: „Alles verzehrt vor seinem End', „Macht ein —
Oberförst. „Macht ein richtiges Testament."
Oberförstn. Aber zum guten Glück habe ich meine paar tausend —
Oberförst. Thaler zusammen gespart. — Ich bitte dich, schweig' von dem Geldkapitel, sonst —
Oberförstn. Ich sollte nur nicht so Acht —
Oberförsl. Höre, ich will —
Oberförstn. Wenn du nur gekonnt hättest, wie du —
Oberförst. So höre doch!
Oberförstn. Was?
Oberförst. Wie viel willst du

haben? Ich kauf' dir das ab, was du noch hast sprechen wollen! Ja?

Sechster Auftritt.
(Vorige. Der Schulze.)

Schulze. Guten Morgen, Herr Oberförster, guten Morgen, Frau —
Oberförst. Je — guten Morgen!
Oberförstn. Guten Morgen, guten Morgen, Herr Schulz! Ei, er ist ja gar zu rar geworden. Ich glaube, in vierzehn Tagen ist Er nicht hier gewesen. Das ist nicht hübsch, weiß Er das wohl? Nicht nachbarlich. Man muß seine alten Freunde nicht vergessen, man muß —
Oberförst. Seine alten Freunde zum Worte kommen lassen. Geh' in deine Küche! Wir werden zu sprechen haben — nicht wahr?
Schulze (bejahet es nachdenklich).
Oberförstn. Gut, gut! Ich gehe. (Geht ein paar Schritte, kommt aber gleich wieder und nimmt den Schulzen bei Seite.) Ehe Er weggeht, kommt Er doch einen Augenblick zu mir herein. Nicht wahr? Ich will Ihm erzählen, wie —
Oberförst. Tausend Sapperment!
Oberförstn. Nun, nun — Herr Isegrimm, ich gehe ja schon.
(Geht ab.)

Siebenter Auftritt.
(Vorige. Ohne Oberförsterin.)

Oberförst. Nun! Was Neues, Herr Schulz?
Schulze. Hm! Neues genug; aber — leider Gottes, nichts Gutes!
Oberförster. Wie so? Was ist —
Schulze. Was wird's sein? die alte Leier. — Unser Herr Amtmann zieht uns einmal wieder die Haut über die Ohren.
Oberförster. Was soll's geben?
Schulze. Nun — „die Gemeinde hätte so starke Ausgaben — es ginge dieß Jahr so viel auf." — Das muß nun freilich der Herr Amtmann am besten wissen, denn er hat die Kasse. „Damit er nun dem allen vorstehen könnte, so sollte aus dem Gemeindewald für tausend Thaler Holz gehauen werden."
Oberförster. Es ist nicht möglich!
Schulze. Was ich Ihnen sage.
Oberförster. Für tausend Thaler?
Schulze. Je nun — es giebt einen lakirten Wagen.
Oberförster. Je, da soll ja den Amtmann das — — Nun, nun — ich muß doch auch mit dabei sein, muß doch so ein kleines Wörtchen mit dazu sprechen.
Schulze. Sie sind brav. Gott vergelt's Ihnen, was Sie schon an uns gethan haben. Aber hierin können Sie uns nicht helfen. Es geschieht gewiß, was der Amtmann will!
Oberförster. Nichts. Ich mache meine Vorstellung dagegen. Der ganze Wald würde ja verdorben! — Es ist nicht möglich! Weiß er was?

— Ich gehe selbst in die Stadt — ich übergebe die Vorstellung den Herren selbst.

Schulze. In die Stadt? Herr Oberförster — Nein!

Oberförster. Warum nicht?

Schulze. Sehen Sie, wenn wir in der Stadt klagen, so meint **der** Herr dieß, der andre das, manche meinen gar nichts. Endlich wird einer ausgesucht, der soll nun darüber sprechen. Der Eine? — Gott bewahre uns in Gnaden! der reiset das ganze Jahr hier herum und dort herum, erkundigt sich, sieht nach — seine ganze Familie besucht ihn. Bald hat er zu viel Arbeit, bald wird er krank. Wir zahlen die Diäten. Nun kriegt auch wohl wieder ein anderer darüber zu sprechen. Wir gehen hin und wieder her, suchen, betteln, es kostet uns schweres Geld, die Arbeit bleibt auch liegen. — Ehe wir es uns versehen, kommt ein Bescheid: „Wegen Widerspenstigkeit hiermit ab- und zur Ruhe verwiesen." Der Amtmann läßt ihn publiziren, — giebt den Kommissionsherren ein Gastmahl — haut uns den Wald vor der Nase weg — fährt mit Frau und Kindern ins Bad — und am Ende kostet es zweitausend Thaler.

Oberförster. Er thut dem Dinge zu viel. Es giebt redliche Männer in der Stadt, und ich will ihnen Alles so unter die Augen legen, daß sie sich der Sache wohl sollen annehmen müssen.

Schulze. Hoho — habe all' mein Leben gehört — „Keine Krähe hackt der andern die Augen aus." Die Frau Amtmännin hat dem Herrn Amtmann das Amt so gleichsam zum Heirathsgut mitgebracht; der giebt nun am rechten Orte Steuern und Gaben — drum fragt ihn kein Mensch, wie er es mit uns treibt. — Warum wollten Sie sich Feinde machen? Lassen Sie es gehen, wie's geht! Im Punkt der Justiz, wird es hier zu Lande noch lange finstre Nacht bleiben.

Oberförster. Ehrlich und grade durch; damit halte ich es.

Schulze. Ganz gut — aber —

Oberförster. Ueberhaupt suche und fordre ich von den Leuten all' mein' Tage nichts, als was von Gott und Rechtswegen mein ist. Wollen sie mir das nicht geben, stehlen sie mir mein Verdienst aus der Tasche. Nun — sie mögen es verantworten; aber ich bleibe auf meinem Wege. Es hat mir denn doch auch schon wohlgethan, mich— schlecht und recht, vor so einem Kerl hinzustellen und ihn scharf ins Auge zu fassen. — Mit dem Rothwerden hatte es sich nun wohl! Aber, was ihnen auch das Gewissen sagte; sie machten so wunderliche Geberden, und sahen so albern dabei aus — daß ich all' ihre Schätze für solche Augenblicke nicht haben möchte.

Schulze. Ja — da denk' ich eben etwas. Neulich — es mögen ein acht Tage sein — begegnete ich dem Amtmann, wie er — es war in aller Frühe — von einer Leiche kam. Da sah er nun ganz unscheinbar und grämlich aus. Hm! — dachte ich so bei mir selbst — es ist doch was gar Bedenkliches um das letzte Ende! Man sei gewesen, wer man wolle — da fällt einem alles haarklein bei. — Hm — dachte ich dann so weiter — wenn dem Amtmann einmal so alles beifällt! — Herr Oberförster — ich möchte dann nicht um und neben ihm sein — ich denke, es müßte nicht gut mit ihm stehen.

Oberförster. Herr Schulz — ich hoffe zu Gott, um die Stunde soll's mit uns beiden einmal ganz still abgehen.

Schulze. Ich hoff's auch. Adieu! (Schüttelt ihm die Hand.) Es bleibt beim Alten. (Geht ab.)

Oberförster. (Ihm nach.) Es bleibt beim Alten! Nun will ich doch auch auf der Stelle meinen Bericht machen. (Setzt sich und will schreiben.)

Achter Auftritt.

(Riekchen, von der Oberförsterin geführt, und der Oberförster.)

Oberförstn. Da — bring' ich dir dein Riekchen, mein Goldmädchen.

⎰Oberförster. Mädchen! (Sie
⎱ umarmen sich.)
Friedrike. Lieber alter Vater!

Oberförster. Mädchen, wo kommst du so früh her?

Friedrike. Ach — bin ich nun wirklich wieder da?

Oberförstn. Gewachsen, einen ganzen Kopf gewachsen. Komm her, Mädchen, hier an der Thür. (Sie geht dahin.) Hier ist noch das Zeichen, wie groß du warst, als du fortgingst. Komm!

Oberförster. Hast du denn beinen Alten wohl nicht vergessen?

Friedrike. O Gott! Können Sie mich das fragen?

Oberförstn. Nun, Riekchen, komm! Hier an der Thür steht es.

Oberförster. Bleib' mit deinem dummen Zeuge weg.

Friedrike. Ich bin also merklich gewachsen?

Oberförstn. Ja, komm doch nur hier an die Thür —

Oberförster. Sapperment, ich wollte, du wärst hinter der Thür.

Oberförstn. Denk' nur — einen Kopf — einen ganzen Kopf, in vier Jahren!

Oberförster. Sag' mir nur, Mädchen, wie es zugeht, daß du so früh kommst? Wir haben dich alle erst um Mittag erwartet.

Friedrike. Ich bin nicht über Waldau gereis't, und die Nacht durch gefahren.

Oberförster. Die Nacht —

Oberförstn. Die Nacht? Ei, du armes Mädchen, du armes Mädchen! — Willst du Kaffee? Wein? Suppe? Was willst du haben? Ich will alles bestellen. — Warte — hm — wo werde ich nun den Schlüssel haben? (Sie sucht in den Taschen.) Warte nur —

Friedrike. O, ich verbitte —

Oberförstn. Ja, warum nicht gar — verbitten? Bewahre! Wenn ich nur den Schlüssel — alles kramen sie mir weg!

Oberförster (geht ungeduldig herum.)

Friedrike. Es ist wirklich un= nöthig.

Oberförstn. Da ist der Schlüssel. „Unnöthig?" das weiß ich besser. Wenn man so fährt — und in der Nacht gar — die Nacht ist nie= mands Freund — man ängstigt sich — und dann die kalte Luft und nichts Warmes. — Nein, das geht nicht — Gleich sollst du haben, gleich. (Geht ab.)

Neunter Auftritt.

(Oberförster. Friedrike.)

Oberförster. (Halb vor sich und ärgerlich, indem er geht.) Daß dich das —

Friedrike. In vier langen Jahren habe ich Sie nicht gesehen und finde Sie gottlob frisch und gesund. Meine liebe alte Mutter, die —

Oberförster (herausplatzend). Die spricht noch immer — die —

Friedrike (ihn besänftigen wollend). Haben Sie mich noch so lieb, wie sonst?

Oberförster. Hm!

Friedrike. Wie?

Oberförster. Das war eine rechte — — Stadtfrage — die!

Friedrike. Sie sind böse und —

Oberförster. Riekchen, frag' doch nicht so albern — (Gemäßigt.) so wunderlich.

Friedrike. Aber —

Oberförster. Wenn ich böse bin, so mag ich anders aussehen, als jetzt. Wenn ich böse wäre, so könnte ich dich nicht leiden — und ich habe mich auf dich gefreut — daß du es nur weißt.

Friedrike. Haben Sie?

Oberförster. Das hörst du ja. (Heftig.) Aber wie kann ich denn dazu kommen, daß ich mich freue? Wenn das Weib anfängt zu sprechen — dann ist alles aus — dann —

Friedrike. Rechnen Sie ihr das nicht an — sie liebt mich — ich kam so plötzlich — es ist nun einmal ihre Art so. —

Oberförster. Wetter noch ein= mal; — das ärgert mich eben — das — ! — Wie lange bist du gefahren?

Friedrike. Funfzehn Stunden.

Oberförster. Mit Madam Schmidt?

Friedrike. Ja. Was macht Vetter Anton?

Oberförster. Alles Gutes.

Friedrike. Er ist auf der Jagd?

Oberförster. Ja.

Friedrike. Wohl schon seit gestern?

Oberförster. Hast du Schulden gemacht in der Stadt?
Friedrike. Schulden? — Lieber Vater — ein Mädchen — ich?
Oberförster. Nun, nun — wer weiß? das Wesen an euch kostet viel — und — und —
Friedrike. Ich habe mich immer nach meiner Lage gerichtet, und nie vergessen, daß ich ohne Ihre Vatergüte nicht leben könnte—
Oberförster. Wie viel hat dir die Alte monatlich geschickt?
Friedrike. O lieber Vater, nie kann ich ihr verdanken, was sie mehr als Mutter an mir gethan hat.
Oberförster (schon vorher, um die Art — Wie? — verlegen). Da — nimm das.
Friedrike. Wie? — ich —
Oberförster. Nun, so nimm's in's Kukuks Namen!
Friedrike. In dem Augenblick — Kaum so viel Gutes empfangen — und nun schon — —
Oberförst. Ich gebe von Herzen, oder ich laß es bleiben. — Nun zierst du dich doch, als —
Friedrike. O wenn Sie das glauben? So —
Oberförst. Nein — nun nicht. Es ist wenig — es ist, was ich bei mir habe und entbehren kann. Ich dachte, dir Freude zu machen —
Friedrike. Bester Vater!
Oberförst. Nun aber wäre es gerade so, als wenn ich einen Konto abfertigte, und dein Knix sagte: Zu Dank bezahlt. — Ein andermal — ein andermal.
Friedrike. Eine Freude, die ich mir ausgedacht hatte, ist mir auch verdorben, weil der Postknecht von der letzten Station so langsam fuhr. Ich wollte recht früh kommen — ich wollte vor Ihrer Thür warten, und wenn Sie „Matthes!" gerufen hätten — so wäre ich gekommen und hätte Ihnen das Frühstück gebracht.
Oberförst. Hast du das gewollt? — Laß dich küssen, Mädchen. — Der dumme Postillon! Ja das war hübsch ausgedacht. Ich mag so was wohl leiden. So was ist dir immer recht gut gerathen. — Esel von einem Fuhrmann — der! — Hm! Du hast es doch immer recht gut mit mir gemeint. Aber ich habe mich auch auf dich gefreut, wie auf meine wirkliche Tochter. — Sieh, ich fange an stumpf zu werden — der Junge ist toll und wild, und macht mich manchmal recht grämlich — meine Alte, die kann auch nicht mehr so fort, wiewohl ehedem — und dann — Nun — Gott sei Dank, daß du wieder da bist! Nun kannst du mir wieder was vorlesen, oder wir gehen spazieren — du erzählst mir was aus der Stadt, singst mir was vor — so geht allgemach die Zeit gut hin — bis es einmal bricht.
Friedrike (ihm um den Hals fallend). O daß ich es nie erlebte! Nie, nie, niemals —
Oberförst. Ha ha! bist nicht klug, Mädchen. — Einmal müssen wir alle dran.

Zehnter Auftritt.

(Vorige. Oberförsterin mit Kaffee, einem porzellanenen Suppennapf und einer zitzenen kleinen Jacke unter dem Arm.)

Oberförstn. Hier ist Suppe und Kaffee, was du nun willst — was du willst. Und da — da habe ich ein Jäckchen, das du vor vier Jahren trugst — daran sieht man es ganz deutlich, daß du gewachsen bist. O ich habe so eine Freude, daß du gewachsen bist! Ich wollte — ja ich wollte —

Oberförst. Daß dir das Maul zuwüchse!   (Geht ab.)

Oberförstn. (ihm nach). Ja, damit wäre dir übel gerathen. (Zu Friedrike.) Mein liebes Kind, wenn —

Elfter Auftritt.

(Friedrike. Oberförsterin.)

Friedrike. Wir wollen ihm nachgehen. Was meinen Sie? nicht wahr?

Oberförstn. Nicht doch, Kind! Da bleiben. Nicht nachgehen.

Friedrike. Ich möchte gern jeden Augenblick unter Ihnen Beiden theilen —

Oberförstn. Das wollen wir hernach. Jetzt laß ihn —

Friedrike. Aber —

Oberförstn. Ei was. Wer sich um jedes Gesicht bekümmern wollte, das einem die Männer machen — und vollends Der! Der ist noch eben so, wie er sonst war. Ja, was habe ich mir nicht für Mühe gegeben, den Mann zur Räson zu bringen — aber da ist Hopfen und Malz verloren. Ja, was Hänschen nicht lernt, lernt Hans nimmermehr. Gelärmt, gebrummt, geschimpft, geflucht, turbiert, von früh — bis in die sinkende Nacht. Da ist kein Ende und kein Anfang. — Nun — trink ein Täßchen, schenk dir ein.

Friedrike. Sorgen Sie nicht — ich werde mich nicht vergessen.

Oberförstn. Oder nimm Suppe — was du willst — wie du willst. (Als ob ihr auf einmal etwas einfiele, mit altmütterlicher Art.) Ich will denn doch lieber zusehen, wo er geblieben ist, daß er mir nicht etwa gar ausgeht.   (Geht ab.)

Zwölfter Auftritt.

Friedrike (allein).

Anton — Anton! Du willst mich lieben, und gehst fort, da ich komme? Er muß böse auf mich sein; — gewiß, gewiß! — sonst wäre er hier. Indeß, auf gleichgiltige Dinge zürnt man ja nicht — also liebt er mich doch! Anton! lieber viel Zorn, als Kälte.

Dreizehnter Auftritt.

(Oberförsterin. Friedrike.)

Oberförstn. Wo mag er doch sein? Gewiß trabt er draußen im

Garten herum und brummt. — Noch nicht getrunken? Ja, heutiges Tages hungern sich die Mädchen die Schwindsucht an den Hals, um nur die Taille nicht zu verderben. (Friedrike trinkt.) Nun Kind, wie steht's? Hat der Abschied von der Stadt dir viele Thränen gekostet?

Friedrike. O nein! mit freudigem Herzen eilte ich hieher.

Oberförstn. Kind, Kind! verstelle dich nicht! Die vielen jungen hübschen Herren — Vier Jahre in der Stadt — ein hübsches Mädchen — mach' mir nicht weiß, daß du keinen Liebhaber gehabt hättest, ich bitte dich; mach' mir das nicht weiß!

Friedrike. Nun — wenn auch einige mir versichert hätten, daß — daß — liebe Mutter, ich lasse keinen Liebhaber zurück.

Oberförstn. Dein Herz ist also noch frei?

Friedrike. Ich sage Ihnen, daß ich die Stadt gern verlassen habe.

Oberförstn. Brav, brav. Du sollst hier ein Partiechen thun — Nun seht doch! Feuerroth über und über. Der junge Musje Zeck — was sagst du dazu? Und Anton — heirathet Mamsell Kordelchen — da ist Vieren geholfen. Gelt? Ja, mein liebes Kind, das habe ich auf dem Amte so gut als richtig gemacht.

Friedrike (erschrocken). So?

Oberförstn. Und meinen Alten? Sorge nicht, den bringe ich auch noch herum.

Friedrike (vergnügt). Will der nicht?

Oberförstn. (schnell). Durchaus nicht.

Friedrike. Man muß ihm wohl seinen Willen lassen — das Widersprechen macht ihn böse.

Oberförstn. Das will ich auch nicht. Du sollst ihn darauf bringen.

Friedrike. Wie? ich?

Oberförstn. Sollst mir ihn bereden helfen.

Friedrike. Das wird sich wohl nicht schicken —

Oberförstn. Und, liebes Kind — wenn du heirathest — nur gleich auf die Autorität gehalten! Auf die Autorität gehalten! sonst geht dir es so, wie mir.

Friedrike. Gott machte mich recht glücklich, wenn ich einst in so einer Ehe lebte, wie Sie —

Oberförstn. Hm — mein liebes Kind! Ehestand ist Weheftand — (Sich was zu gute thuend.) indeß —

Friedrike (mit Wärme). Sie sind sehr glücklich. In der Stadt habe ich so wenig gute Ehen geseheu, daß ich nur vor dem Wort „Heirath" zittre. Der gute Vater! Er liebt Sie so herzlich.

Oberförstn. Ja, ja, das ist wahr. Das muß man sagen. Alles was Recht ist — das thut er.

Friedrike. Er würde ohne Sie nicht leben können.

Oberförstn. I nun — ich — wenn ich — es ärgert mich nur, daß er so ein Brummbär ist — aber ich halte doch große Stücke auf ihn.

Friedrike (sie bei der Hand fassend). Ja wohl, das weiß ich.

Oberförstn. Wenn er manch=
mal Abends von der Jagd kommt,
und seinen Husten kriegt, so wird
es mir recht ängstlich. Er war neu=
lich einmal ein bischen krank — nun,
so meinte ich doch nicht anders, als
das ganze Dorf wäre mir zu enge!
— Wenn er nur ein paar Tage
über Feld muß — und Mittags ist
sein Platz leer — oder ich seh' ihn
Abends unter der Linde sein Pfeif=
chen nicht rauchen: so ist mir ganz
wunderlich zu Muthe. Ich gehe im
Dorfe zu diesem und jenem — die
Leute sind auch alle recht nachbar=
lich und gut. — Da ist auch wohl
der Schulze gekommen. Nun, lieber
Gott — es ist ein guter Mann,
der Schulze, ein braver Mann! Aber
es ist doch mein Alter nicht — nein,
es ist mein Alter nicht.
Ein Bursche. — Der Herr
schickt mich aus dem Garten — ich
sollte die Frau fragen, ob sie nun
nach der Thür gesehen hätte? sollte
ich sagen.
Oberförstn. Ja, ja, ich hätte
darnach gesehen. (Bursche ab.) Nun
aber doch zur Kuriosität, komm ein=
mal her an die Thür. (Sie gehen
beide hin und Friedrike wird an der
Thür gemessen.) Richtig, einen Kopf
bist du gewachsen — einen ganzen
Kopf. Aber über den Anton wirst
du dich wundern — der ist lang
— mächtig in die Höhe geschossen!
Friedrike. Es soll ein schöner
Mann geworden sein.
Oberförstn. Kind, sag' das nicht,
daß es sein Vater hört; denn wenn
ich sage: „Es ist ein Mann, er muß
heirathen!" so sagt er: „Es ist ein
Bube, er soll's bleiben lassen."
Friedrike. So — darum —
Oberförstn. Nun sieh, mein
Goldmädchen, das ist es ja eben,
was ich sage. Darum ist ja alle
Tage der ewige Zank. Ich sage ihm
auf die beste Art von der Welt,
daß er Unrecht hat; aber was hilft's?
Er glaubt es nicht.
Friedrike. Er wird freilich ein=
wenden —
Oberförstn. Wunderliches Zeug:
„das Mädchen wäre unglücklich, die
den Jungen jetzt kriegte; er müßte
erst ausbrausen; das hieße ein ar=
mes Weib betrügen" und was es
mehr ist. Ei — mit meinem Anton
denke ich keine zu betrügen. Es ver=
kauft sich gewiß keine an ihm. Manche
Jungfer aus der Stadt würde zu=
frieden mit ihm sein.

Vierzehnter Auftritt.

(Vorige. Oberförster.)

Oberförster. Hast du nichts in
der Küche zu thun?
Oberförstn. Ei — der Braten=
wender geht ohne mich.
Oberförster. Aber deine Töpfe,
Frau — deine Töpfe!
Oberförstn. Haben alle Feuer.
Oberförster. Nun — du magst
da bleiben. Auf Treue und Glauben,
daß du still sein willst. Rieckchen!
— ich habe mir vorgenommen,
diesen Mittag eine kleine Tischge=

sellschaft zu bitten. Du sollst sie aussuchen. — Im Hause sind — Du — hier die Stumme, ich und Anton. Wen willst du noch haben?

Friedrike. Da ich wählen darf — Erstlich, Ihr lieber Pfarrer —

Oberförster. Gut — brav! der sitzt bei mir. Oder — ja, so soll's sein. Du in der Mitte, wir beide an deiner Seite.

Oberförstn. (schnell). Ei, wo denkst du hin? — das geht ja nun und nimmermehr an.

Oberförster. Pst — Oder — Weiter!

Oberförstn. Zwar ja. Der Amtmann kann bei mir sitzen — und die Amtmännin —

Oberförster. Was giebts?

Oberförstn. Nun?

Oberförster. Was giebts mit dem Amtmann? Was soll der hier?

Oberförstn. Nun — ich will doch hoffen, daß du den mit her= bitten läßt!

Oberförster. Donner und Wetter! — (Geht umher.)

} Friedrike. O lieber Vater, sei'n Sie nicht böse!

Oberförstn. Kind, den mußt du wahrhaftig bitten!

Oberförster. Ich mag nicht.

Oberförstn. Aber Kind, bedenk' doch —

Oberförster. Ich will nicht.

Oberförstn. Warum denn nicht?

Oberförster. Das Essen schmeckt mir nicht — der Wein widersteht mir — ich kann nicht froh sein, wo das Volk ist.

Oberförstn. Ach du mein Himmel! das giebt einen schrecklichen Lärm. (Der Oberförster geht die Länge des Zimmers durch.) Das ganze Dorf weiß, daß wir uns auf den Tag gefreut haben, — daß wir Gäste bitten wollten. Bitten wir die nicht: so ist ja die pure klare Feindschaft angekündigt — hm — — Riek= chen! hm!

Oberförster. Ich bitte niemand zum Essen, um ungesund nach Hause zu gehen; noch weniger glaube ich, jemand damit eine Ehre zu erzeigen. Es sind gute Freunde, denen ich Gelegenheit geben will, mit mir froh zu sein. Ich bin kein Freund vom Amtmann. Das kann ich ihm nicht bergen, und mag es ihm nicht bergen. Sind wir an einem Tisch, und ein Glas Wein hat mich froh gemacht, so spreche ich, was ich denke — was ich denke. Je mehr der Amtmann trinkt, je stummer wird er. Und der Mann, der nach einem Glase Wein noch verstecken kann, was er denkt — ist mein Mann nicht.

Oberförstn. Ei man muß mit jedermann in Frieden leben.

Friedrike. Thun Sie es doch nur dießmal.

Oberförstn. Das wird ein Auf= sehen geben! Und am Ende käme es gar auf das arme Mädchen. Dann sieht es aus, als wenn die Schuld an dem Hader wäre. — Nun thu es doch — einmal ist ja nicht immer.

Friedrike. Entschließen Sie Sich; einmal ist ja nicht immer.

Oberförster (denkt nach). Hm — ja. Ich will's thun. Aber, wenn sie mir grade gegenüber, oder dicht an der Seite zu sitzen kommen: so gehe ich davon, und esse im Hirsch.

Oberförstn. Also sollen sie gebeten werden?

Oberförster. Ja. Aber, ha ha ha! Du wirst sehen, es wäre besser, ich hätte es bleiben lassen. — Ich bitte mir nun auch noch einen guten Freund dazu.

Oberförstn. Wen denn?

Oberförster. Den Schulzen.

Oberförstn. Ei bewahre! das ist ja gegen den Respekt.

Oberförster. Entweder der Amtmann und der Schulz, oder keiner von beiden.

Oberförstn. Nun — meinetwegen.

Oberförster. Das wäre also richtig. Jetzt tummle dich. Und du, Riekchen — da sind die Schlüssel — geh heut zum ersten Mal wieder in den Keller und hole uns einen Trunk.

Friedrike (mit einiger Freude). Ach, das sind die Schlüssel, die — ach —

Oberförster. Mädchen, bist du närrisch? Ich glaube gar, du weinst?

Friedrike. Wie ich die Schlüssel wieder sehe, fällt mir so manches dabei ein. — Sie gaben sie mir alle Mittage selbst; der Wein, sagten Sie, schmeckte Ihnen nicht, wenn ich ihn nicht geholt hätte. Nur wenn Sie böse waren, bekam ich sie nicht. Lieber Vater, bester Vater, ich verspreche Ihnen, Sie werden sie mir alle Mittage geben.

(Geht ab.)

Fünfzehnter Auftritt.

(Oberförster. Oberförsterin.)

Oberförster. Auf die schwöre ich, die Stadt hat sie mir nicht verdorben.

Oberförstn. Gewiß nicht.

Oberförster. Meinen Hut. (Sie bürstet ihn bedächtig ab. Er sucht Papiere zusammen, und spricht dabei fort.) Laß ordentlich auftragen. Adieu! ich muß ausreiten, Holz anweisen. — Schlag zehn Uhr bin ich wieder da. Sie soll nur einerlei Wein hergeben — vom besten! Hörst du? nur einerlei! (Er geht.) Adieu!

Oberförstn. Alter!

Oberförster. Was ist?

Oberförstn. Bist du noch grämlich? Ja?

Oberförster. Ich weiß nicht.

(Geht.)

Oberförstn. Du sollst nicht fort, bis du gut bist. Man muß nicht im Groll scheiden. Es ist gar bald um einen Menschen gethan.

Oberförster. Mit deinem einfältigen Groll! Auf den Amtmann habe ich Groll. Adieu. (Er schüttelt ihr die Hand.) Plaudertasche!

(Geht ab.)

Oberförstn. Gehab dich wohl, Alter. (Im Nachgehn.) Vergiß nicht zehn Uhr — Schlag zehn Uhr.

2*

Zweiter Akt.

Ein Zimmer bei dem Oberförster.

Erster Auftritt.

(Ein Jäger wischt die Tische ab. Dazu kommt die Oberförsterin. Sie hat eine große Serviette vorgesteckt.)

Oberförstn. Euer Abkehren mag auch wenig werth sein, mein guter Freund! da sieht es noch bunt aus. Geht geschwind in die große Stube, heizt dort; man friert sonst, daß es nicht auszuhalten ist. (Der Bursche geht.) Hört — nun so lauft doch nicht immer fort — wartet, bis man ausgeredet hat. Die Stühle wohl abgekehrt — die Fenster auch — daß kein Stäubchen wo zu finden ist! — ich verlasse mich darauf. (Der Bursche geht. Sie setzt sich.) Liegt doch auch Alles auf mir! — Das ist eine Last! Ich bin recht froh, daß das Mädchen endlich einmal wieder gekommen ist.

Zweiter Auftritt.

(Oberförsterin. Kordelchen von Zeck.)

Kordelchen (die mit einer Fächernüanze und einem familiären Kopfnicken grüßt). Guten Morgen, Frau Oberförsterin.

Oberförstn. (mit einer altmodisch ehrerbietigen Verbeugung). Meine wertheste Mademoisell — — ich — ich schäme mich wahrhaftig, daß ich noch nicht recht angezogen bin.

Kordelchen. Lassen Sie's gut sein. Sie wissen, ich bin nicht von Zeremonien und selbst noch nicht angekleidet. — Wo ist denn Monsieur Anton?

Oberförstn. Den hat mir der Alte wieder fortgeschickt.

Kordelchen. Apropos — — ich muß Ihnen doch sagen, wenn die Mariage zu Stande kommt, so will mein Vater, durch eine sichre Konnexion in der Stadt, Ihrem Anton einen der ersten Dienste im Jagddepartement verschaffen.

Oberförstn. Meinem Anton? Was Sie sagen!

Kordelchen. Nur muß Ihr Mann meinen Vater in seinem Geschäfte machen lassen und ihm nicht immer widersprechen. Sorgen Sie hübsch dafür, Mama — hören Sie?

Oberförstn. Ja, liebes Mamsellchen, dabei kann ich nichts thun. Mein Kommando geht nicht weiter, als von der Küche in den Krautgarten. Wenn ich manchmal so in andre Sachen rede — so sieht er sich nur um! dann weiß ich gleich, was die Glocke geschlagen hat. Ei, glauben Sie denn, daß ich nur für meine Küche Wildpret haben könnte, wenn ich wollte? Nichts — es thäte oft Noth, ich kaufte welches.

Kordelchen. Der Mann thut sich mit seinem rauhen Wesen vielen Schaden — großen Schaden!

Oberförstn. (besorgt). Ich weiß wohl, aber — Kind, ich darf nur nicht sprechen. Mein Alter ist gar zu wunderlich.

Kordelchen. Der Krug geht so lange zu Wasser, bis er bricht — wahrlich — es könnte ihm einmal übel bekommen.

Oberförstn. Das sollte ich denn doch nicht meinen. Alle Welt hat ihn lieb. In allen rechten Dingen ist er niemanden hinderlich, läßt sich's auch sauer werden bei seiner Arbeit; das werden der Herr Amtmann wohl selbst wissen.

Kordelchen. Manchmal, aber —

Oberförstn. Nun — man muß Geduld haben. Zeit und Stunde ist bei dem Menschen nicht gleich; wir wollen ja alle auch alt werden! Wenn Sie so was sehen, Kind, so reden Sie doch zum Besten. Ich thue das auch, so viel ich kann — schütte Wasser in's Feuer, wo ich es sehe. Es ist besser, denke ich, er brummt sich bei mir aus, als bei andern — Ach — wenn ich ihn nur noch lange brummen höre!

Kordelchen. Diesen Abend ist Ball bei uns — ich freue mich recht darauf. Ich habe Lust zu tanzen. Ich bin heute recht dazu aufgelegt. — Daß Herr Anton uns nur nicht wieder so früh wegschleicht. Was giebt es denn sonst Neues?

Oberförstn. Neues? Apropos — meine Nichte ist heute aus der Stadt zurückgekommen —

Kordelchen. Heute? Ist denn heute der sechste?

Oberförstn. Freilich. Heute hat sie ja kommen sollen. Sie ist, Gott Lob! frisch und gesund.

Kordelchen. Das freut mich — ich bin ihr recht gut. (Sie geht an's Fenster.) Es ist recht schlechtes Wetter. Der Herr Förster werden schlechte Jagd haben. Es ist so neblig, daß man kaum die Hand vor den Augen sieht.

Oberförstn. Das sagte ich auch; aber wie der Alte nun ist — Anton mußte mit Tagesanbruch fort.

Kordelchen. Ist sie hübsch?

Oberförstn. Friedrikchen?

Kordelchen. Ja.

Oberförstn. Hübsch? Ja, hübsch will gar viel sagen — aber sie ist ein artiges Mädchen.

Kordelchen. Es ist mir sehr lieb, daß sie wieder hier ist. — Sie hat in der Stadt singen gelernt?

Oberförstn. Das weiß ich wirklich nicht.

Kordelchen. Sie singt, ich weiß es gewiß, ganz gewiß. Fräulein von Rechennauer hat mir davon geschrieben.

Oberförstn. So muß sie es für sich gelernt haben; wir haben nichts dafür bezahlt.

Kordelchen. Aber ihr Klavierspielen soll besser, viel besser sein, als ihr Gesang.

Oberförstn. Noch besser? Was Sie sagen! O erzählen Sie mir doch noch mehr — ich höre gar zu gern Gutes von dem Mädchen.

Kordelchen. Was ist denn aus ihrer Figur geworden? Sie war ein kleines Ding, als sie nach der Stadt geschickt wurde. Ist sie gewachsen?

Oberförstn. Denken Sie nur — einen ganzen Kopf beinahe.

Kordelchen. Nun, nun — warum nicht —

Oberförstn. Sie werden sehen.

Kordelchen. O ich glaube es gern. Was ich sagen wollte — — — sie kann ja diesen Abend auf unsern Ball geschickt werden; denn vermuthlich wird sie auch wohl tanzen?

Oberförstn. (freudig). O ja — scharmant tanzt sie — Madam Schmidt hat es gesagt — scharmant!

Kordelchen. Für ein Mädchen von solchem Stande ist sie doch fast zu vornehm erzogen.

Oberförstn. Sie verlor ihre armen Aeltern früh. Ich bin Pathe zu ihr. Von Kindesbeinen an war sie gelehrig und brav; mein Mann hatte denn so eine Freude an ihr — darum haben wir gethan, was wir konnten, ohne uns weh zu thun. Sie ist übrigens bescheiden und gut — und wir wollen auch nicht etwa hoch mit ihr hinaus.

Kordelchen (gleichsam zutraulich). Das ist auch das Allerbeste. Daher riethe ich auch — doch ohne Ihnen vorzugreifen — sie ließe die Stadtkünste hier weg. Solche Dinge gehören in keine Landhaushaltung. Tanzen? — Je nun — Sonntags wohl, aber sonst wahrhaftig nicht. Das Singen sollten Sie ihr als unanständig verbieten —

Oberförstn. Ei, das Haus ist groß — die Kehle ist ihr. Wird es mir zu viel — so ziehe ich die Stubenthüre zu. Meine Buchfinken schreien den ganzen Tag, daß ich mein eigenes Wort nicht höre; ich verbiete es ihnen doch nicht. Bei mir müssen Menschen und Vieh lustig sein; sonst sind sie krank oder haben ein böses Gewissen.

Kordelchen. Nur alles mit Maß.

Oberförstn. Ja, das versteht sich.

Kordelchen. Solche Mädchen werden oft in der Stadt verdorben und machen nachher sich und ihre Männer auf immer unglücklich.

Oberförstn. Man hat der Exempel, o ja.

Kordelchen. — Wenn unter uns alles richtig ist — ich glaube, mein Vater schaffte dem Matthes einen guten Dienst — das wäre keine unebene Partie für Friedriken.

Oberförstn. Ei, wo denken Sie hin? Nein. Behüte uns in Gnaden! Matthes war sein Leben lang ein schlechter Kerl.

Kordelchen. Bedenken Sie, was Sie sagen. Er trägt jetzt unsere Livree.

Oberförstn. Kind — hübsch kann einen ein Rock wohl machen; aber ehrlich nicht.

Dritter Auftritt.

(Vorige. Friedrike.)

Friedrike (mit einem tiefen Knix). Mademoisell — Sie sind mir zuvor gekommen: ich würde noch heute die Ehre gehabt haben, Ihnen aufzuwarten.

Kordelchen (kurz). Jungfer

Friedrike — es ist mir lieb, Sie wohl zu sehen.

Oberförstn. Ich will doch derweile einmal nach meiner Küche sehen. (Geht ab).

Kordelchen. Sie hat uns wohl viele neue Moden mitgebracht?

Friedrike. Wenig oder gar nichts.

Kordelchen. Sie hat doch das Haubenstecken in der Stadt gelernt?

Friedrike. Ja.

Kordelchen. Nicht wahr? Sie hat bei der la Breuze gelernt?

Friedrike. Ja.

Kordelchen. Ich will ihr einige alte Hauben zum Waschen schicken, wenn Sie die mit Gout wieder arrangiert, so soll Sie Flor bekommen und Desseins von meiner Erfindung, die die la Breuze selbst approbieren wird.

Friedrike. Ich zweifle nicht.

Kordelchen. Ich will Sie honett bezahlen; ich fordere nichts umsonst. Wie ist denn der Schnitt vom Kleide bei der letzten Puppe aus Lyon?

Friedrike. Ich habe keine gesehen.

Kordelchen. Nicht einmal eine Puppe von Lyon?

Friedrike. Ich habe keine gesehen.

Kordelchen. Nicht einmal eine Puppe von Lyon? Ei, bei der Frau von Karstenhausen kommen sie ja jährlich zu Dutzenden an; dort hätte Sie — zwar — dorthin ist Sie wohl niemals gekommen?

Friedrike. Niemals.

Kordelchen. Ei, Kind — Sie ist ja so verlegen — so wortkarg, so geniert — wie unsers Kirchvorstehers Tochter.

Oberförstn. (kommt wieder). Ein Glück, daß ich in die Küche kam! Die hätte mir alles Essen verbrannt.

Kordelchen. Ich sage eben zu Jungfer Friedriken: man muß Leuten von Distinktion mit Ehrfurcht begegnen — aber ohne sich wegzuwerfen. — Man muß mitreden.

Friedrike. Man schweigt auch manchmal aus Ueberdruß und Langeweile.

Kordelchen (es verbeißend). Langeweile? Frau Oberförsterin! davon lassen Sie uns sprechen.

Oberförstn. Hm! bei mir giebt es denn immer etwas zu thun. Ist es nicht dies, so ist es das. Da geht denn die Zeit gar bald hin. So in den langen Winterabenden wohl. Da liest der Alte die Zeitung und schläft richtig allemal dabei ein. Nun mag ich ihn denn doch nicht wecken — da sitze ich nun freilich in meinem Sorgenstuhl und gucke Stunden lang den Goliath auf unserem großen Ofen an — sonst aber wüßte ich eben nichts davon zu sagen.

Vierter Auftritt.

(Vorige. Anton.)

Anton. Riekchen, ach Riekchen, mein Riekchen! bist du da? Gott sei Dank!

Friedrike. Anton, lieber Anton! (Beide umarmen sich.)

(Kordelchen geht umher und rauscht so heftig mit dem Fächer, daß er davon zerreißt.)

Oberförstn. Anton! — i Anton! Was ist das für Lebensart?

Anton (ohne darauf zu hören). Ach, Riekchen — Mädchen — ich bin so erschrocken — ich kann — ich kann nicht sprechen. Ich glaubte diesen Mittag — aber du bist die Nacht gefahren, und das freut mich so — so!

Oberförstn. Junge, bist du närrisch? Komm doch zu dir! — Anton, hast du denn einen Trunk über den Durst gethan? Siehst du nicht hier, Mamsell Kordelchen?

Anton (sieht sich um). Gehorsamer Diener. (Setzt sich wieder in Fassung, wozu Friedrike ihm schon vorher leise ein Zeichen gab.)

Kordelchen. Ergebene Dienerin!

Oberförstn. Dein Vater hat doch wahrhaftig Recht; je älter du wirst, desto läppischer wirst du auch. Nimm's nur nicht übel, Riekchen!

Friedrike. O gar nicht.

Kordelchen. Das glaube ich.

Oberförstn. (halb laut). Du unmanierlicher Gast, mach' deine Grobheit wieder gut. Gleich geh hin und sprich ordentlich mit ihr. — Die Kinderzeit ist vorbei. Sie hat Lebensart in der Stadt gelernt. Sei hübsch höflich — daß unser einer nicht mit Schanden besteht.

Anton. Jungfer Muhme, wie befinden Sie sich?

Friedrike. Recht wohl, Herr Vetter.

Kordelchen. Ich habe entsetzliche Kopfschmerzen, Mama. — Gute Jagd gemacht, Herr Förster? (Pause.) (Anton sieht auf Friedrike und hört nicht.)

Oberförstn. (zu Kordelchen). Der Junge hört und sieht nicht. Er muß zu jäh aus der Kälte in die Hitze gekommen sein. Anton!

Anton. Was ist, liebe Mutter?

Oberförstn. Mamsell haben dich gefragt, was du geschossen hast?

Anton (sich schnell zu ihr wendend). Eine wilde Katze.

Kordelchen. In der That — ich befinde mich gar nicht zum besten.

Oberförstn. Es wird hier zu heiß sein; das Volk legt immer einen Wald in den Ofen. Ich will die Thür aufmachen. (Sie reißt die Flügel auf.)

Kordelchen. Gott! Nun zieht es ja, daß man kontrakt werden könnte. Es wird mir immer schlimmer. Herr Förster, geben Sie mir Ihren Arm — ich will versuchen, nach Hause zu kommen.

Anton. Das ist zum Gehen zu weit — viel zu weit.

Oberförstn. J, das arme Kind.

Anton. Ich schicke hin und lasse Ihre Kutsche bestellen. Rudolph! — he! Rudolph! —

Kordelchen (verdrießlich). Lassen Sie nur —

Anton. Nein, der Weg ist wahrhaftig zu weit. (Geht nach der Thür.)

Oberförstn. Wenn ich doch nur helfen könnte!

Anton. Rudolph, Rudolph! (Rudolph kommt.) Rudolph, lauf — lauf wie ein Blitz auf's Amt. Die Mamsell wäre noch nicht fort — wollte fort!

Kordelchen (stampft mit dem Fuße). Es ist nicht nöthig, sage ich Ihnen.

Anton. Sie wäre krank, die Kutsche sollte kommen.

Rudolph. Ganz wohl.

Anton. Gleich kommen; gleich den Augenblick kommen.

Rudolph (im Abgehen, schon halb draußen, laut). Will schon treiben.

Kordelchen (fast wüthend). Mein Gott, Sie werden das ganze Amt in Aufruhr bringen.

Anton. Aber auch so eine plötzliche Krankheit!

Kordelchen (halb heulend). Ich bin nicht krank. Wer sagt denn, daß ich krank bin? Ich war nur unpaß. In die frische Luft wollte ich, die frische Luft hätte mir am besten gethan. Ich kenne mich.

Anton. Liebe Mutter, Sie sollten doch der Mamsell von Ihrem Melissengeist geben.

Kordelchen. Mein Gott, den kann ich nicht riechen.

Oberförstn. Melissengeist? Ja, so wahr ich lebe, Anton, das ist ein kluger Einfall, ein scharmanter Einfall. Kommen Sie — erst nehmen Sie von dem Melissengeist, und dann führe ich Sie in unser Gärtchen an die frische Luft.

Kordelchen. Um's Himmels willen! — ich kann die starken Sachen nicht vertragen.

Oberförstn. Ja, mein gutes Kind! stark oder schwach, darnach wird bei der Medizin nicht gefragt. O mit dem Melissengeist habe ich viele Leute kuriert. Unsere Magd, Kathrine —

Kordelchen. Ich ersticke vor Wuth!

Oberförstn. Sie werden wieder schwach? Kommen Sie heraus — Kommen Sie. (Indem sie mit höflicher Gewalt sie fortschleppt). Kathrine — Kathrine — he! Melissengeist, geschwind, Melissengeist! — Wie geht's, Kind, wie geht's?
(Ab mit Kordelchen.)

Fünfter Auftritt.

(Friederike und Anton.)

Anton. Gott Lob, daß sie fort ist!

Friederike. Du bist etwas rauh mit ihr gewesen.

Anton. Ich hätte es keine Minute länger mit ihr ausgehalten.

Friederike. Sie hat mir viel Sorgen um dich gemacht.

Anton. Rieckchen! (Bedeutend.) Und mir ihr Bruder um dich! Er hat dir wieder geschrieben.

Friederike. Woher weißt du das?

Anton. Durch Matthes, der seit heute dort dient.

Friederike. Dient er dort? Nun ist mir es begreiflich, warum mich der Mensch immer mit Briefen und Geschenken von dort her ängstete. Ich nahm keines — aber den letzten

Brief hielt er mir offen vor's Gesicht. Dich wollte ich schonen — ich kenne deinen Argwohn — also gab ich gar keine Antwort und reiste die Nacht durch, um ihm nicht zu begegnen.

Anton. Das dachte ich gleich, wie ich dich so früh fand. Habe Dank. — Also Herr Matthes hat dir die Briefe gebracht?

Friedrike. Der Mensch hat mir manche böse Stunde gemacht mit Nachrichten von dir. Gott vergebe es ihm!

Anton. Was hat er dir denn von mir gesagt?

Friedrike. Hm! — Es kann nicht sein. Du liebst mich — alles ist vorbei, und ich bin herzlich zufrieden, da ich wieder bei dir bin.

Anton. Wenn ich den Kerl treffe, so ist er unglücklich!

Friedrike. Nicht doch. Laß ihn laufen. Ach ich bin ohnehin so unruhig — er hat überall in der Stadt schreckliche Drohungen gegen dich ausgestoßen! Geh ihm aus dem Wege — geh nicht allein — ich bitte dich.

Anton. Was könnte es denn geben?

Friedrike. Ich bin so angst — ich weiß, der Kerl ist zu jedem Bubenstück fähig. Der alte Fritz, den er vom Amte weggelogen hat, war vorhin bei mir und winselte schrecklich. — Ich gab ihm ein Almosen — er sagte, ich sollte dich ja vor dem bösen Matthes warnen.

Anton. Nun — laß Matthes Matthes sein und laß uns von unserer Liebe sprechen.

Friedrike. Nein, Anton — nicht eher, als bis du mir versprichst, daß du keine Händel mit ihm anfangen willst. Versprichst du mir's?

Anton. Nun ja.

Friedrike. Nicht so. — Fest, gewiß — ernstlich und —

Anton. Auf mein Wort! — Ich will ruhig sein. Ei, Mädchen, mein Leben ist mir zwanzigmal lieber, als sonst, da du es so lieb hast.

Friedrike. Wirst du mich immer lieben?

Anton. Wahrhaftig!

Friedrike. Ich weiß nicht, wie es zugeht, sonst war mir leichter zu Muthe; aber jetzt bin ich manchmal so traurig, daß ich's nicht genug sagen kann — dann fallen mir Dinge ein! Dinge! O es wäre hart, wenn etwas davon wahr werden sollte!

Anton. Was ist es? — sag' es mir. — Wenn du mir gut bist, so sagst du es.

Friedrike. Es ist nichts, wirst du sagen; aber mich quält es gewaltig. Ich habe dich nun so herzlich lieb — ich denke auf nichts, als wie ich dich so glücklich machen soll, als ich armes Mädchen kann. Ich habe deßwegen manches in der Stadt gelernt, um dir nicht langweilig zu sein — — Ich weiß das ist es nicht, was ich sagen sollte — aber es gehört doch dazu — und dann —

Anton. Du weinst? — ist es denn so traurig, was noch nachkommt? Weine nicht. Wenn du weinst, so thut es mir in der Seele weh! Nun sprich — —

Friedrike. Anton — deine Aeltern sind dreißig Jahre verheirathet und leben heute noch so glücklich, als am ersten Tage ihrer Heirath. So oft ich sie ansehe, denke ich, ob wir wohl auch so glücklich — und so lange glücklich sein werden? — Anton — mein ganzes Leben ist in dir. Wäre es möglich, daß du einmal mich weniger liebtest, als heute? — Wenn ich Aeltern hätte, sie würden dich an meiner Stelle fragen. Nun bin ich eine Waise, und mein Leben ist in deiner Hand. Wäre es möglich — so laß uns gleich abbrechen. Es wird mir das Leben kosten, das weiß ich; aber ich sterbe doch sanfter, als wenn — (Sie bedeckt sich das Gesicht; Anton umfaßt sie mit einem Arm.) Ach, Anton!

Anton. Riekchen — Riekchen, sieh mich an! (Sie sieht ihn innig an, er legt ihre Hand auf sein Herz). Gott weiß, es ist kein Falsch in mir.

Friedrike. Hast du dich geprüft, ob es wirklich Liebe ist, was —

Anton. Ich habe mich nicht geprüft. Das ist nicht nöthig. Als du nicht hier warst, da war mir Nichts lieb, immer war ich verdrießlich. Nun du wieder hier bist, gefällt mir wieder Alles, ist mir's überall wohl. Das macht, weil ich dich liebe. Warum sollte sich das aber ändern? Sieh — ich könnte dir ja theure Eide schwören, aber ich glaube, dir wäre dabei nicht besser. Einem ehrlichen Mann ist sein Wort heilig. Ein Mann, der einem Weibe sein Wort bricht, ist doppelt schändlich!

Friedrike. Anton! — So — so höre ich dich gern.

Anton. Dazu sind wir auf dem Lande und können eine gottlose Ehe nicht mit der Mode verbergen. Nein — ich habe wenig, vornehm bin ich nicht, es kann auch sein, daß ich das Pulver nicht erfände — aber so viel gesunden Sinn, als man für's Haus braucht, traue ich mir zu — und das hier — (auf das Herz zeigend) da gebe ich keinem Menschen auf der Welt etwas nach! — So steht's. Nun frage ich dich ordentlich — Riekchen, willst du mich heirathen?

Friedrike. Deine Aeltern —

Anton. Die wollen wir heute noch fragen. — Nun, und du?

Friedrike (mit zärtlichem Blick auf ihn und mit dem Erröthen eines guten unfassonirten Mädchens). Frag' deine Aeltern!

Anton. Dank — Riekchen. Mein künftiges Weib, der ich treu bin bis in den Tod! Dank, tausend Dank!

Friedrike. Aber lieber Anton, du mußt nun auch gut werden. Du bist so wild —

Anton. Ich wild? — bewahre Gott! Da haben sie dir was weiß gemacht.

Friedrike. Wenn ich nur an deine Briefe denke! stand doch fast

in jedem: — wenn das nicht ge=
schieht, so gehe ich fort und werde
Soldat. Wenn du mir das nach
zwei Jahren einmal sagtest!
Anton. O ja — sobald du
mir untreu wirst.
Friedrike. Und dann mußt du
auch nicht so auffahren. Man lebt
dabei in tausend Aengsten. Die
Jäger sind ohnehin ein wildes unge=
stümes Volk.
Anton. Riekchen, halt' die Jäger
in Ehren, sonst kommst du nicht
gut weg.
Friedrike. Was kann man von
euren Geschäften erwarten? da stürmt
ihr hinaus alle Tage, quält und
mordet das arme Vieh.
Anton. Gelt, das hat dir ein
Stadtpatron gesagt? So ein Kerl,
der den ganzen Tag hinter dem Ofen
hockt, mit hauts gouts und Liqueurs
das Blut verbrennt und aus ver=
schrumpftem Herzen mit dem Gänse=
kiel die Menschen quält? — Nein.
Ganz anders ist das bei uns. Ein
ehrlicher Kerl quält kein lebendiges
Wesen. Alle Tage gehen wir hinaus,
leben in frischer Luft. Das giebt
frisches Blut und ein gesundes Herz!
Wenn ich dann so Abends nach
Hause komme, fröhlich und guter
Dinge, und bringe dir einen Braten
in deine Küche, und fordere einen
Kuß — wirst du mir ihn ver=
weigern?
Friedrike. Ich küsse keinen
Mörder.

Sechster Auftritt.

(Vorige. Pastor Seebach.)

Pastor. Guten Morgen, Kinder.
(Friedrike läuft ihm entgegen und küßt
ihm die Hand.)
Anton. Guten Morgen, lieber
Herr Pastor.
Pastor. Herzlich wieder will=
kommen bei uns, liebe Tochter!
Friedrike. Wie Sie in Ihren
Jahren doch noch so wohl aussehen!
Pastor. Ja? meinen Sie?
Friedrike. So recht heiter.
Pastor. Je nun — Gott Lob!
Sorgen habe ich nicht — überdem
bin ich gern an dem Orte —
Anton. Jedermann liebt Sie,
wie einen Vater —
Pastor. Nun so muß ich ja
wohl froh und gesund sein. — Der
Herr Oberförster — —
Anton. Er ist ausgeritten, Holz
anzuweisen.
Pastor. Mein Besuch gilt ihm
nicht. Ich bin eigentlich gekommen,
Friedrikchen zu sehen. Liebe Toch=
ter, wir haben die guten Nachrichten
von Ihnen allemal zusammen gelesen,
und es freut mich recht, daß Sie so
gut geworden sind.
Friedrike. Würdiger Mann —
Sie nehmen noch so vielen Antheil
an mir — ungeachtet —
Pastor. Ungeachtet? Kind —
errathe ich, was Sie sagen wollten
— so haben Sie mich betrübt.
Friedrike. Wie so?
Pastor. Ungeachtet wir verschie=

bener Religion sind; — nicht wahr, das wollten Sie sagen?

Friedrike. Dann müßte ich Sie nicht kennen, wenn ich es auch nur gedacht hätte. Ungeachtet meiner langen Entfernung, wollte ich sagen.

Pastor. Ich halte mich für den besondern Freund eines jeden aus diesem Orte; der Kummer und die Freude eines jeden gehen mich nahe mit an. Was thut die Entfernung zur Sache? Wo mein Rath, meine Hülfe nicht hinreichen, hören doch meine guten Wünsche nicht auf.

Anton. Das ist gewiß, das weiß ich. Aber den Dank, den Sie dafür verdienen — —

Pastor. Wollte ich meine Pflicht bloß auf die Zeit meines unmittelbaren Unterrichts, meine Liebe allein auf meine Gemeinde einschränken — O Kind — so wäre ich ein armer Mann — mit einem engen, engen Herzen.

Anton. Ja, Sie nehmen Antheil an uns — wir erkennen es. Es ist Niemand unter uns, dessen Herz Ihnen nicht offen stünde, der Sie nicht wie einen Vater liebte! Ach, ich bin nicht der Letzte unter diesen, Sie wissen es.

Pastor. Ja, mein Sohn.

Anton. Ich hatte ein Geheimniß vor Ihnen — aber jetzt will ich mich Ihnen anvertrauen. Es ist die wichtigste Angelegenheit meines Lebens — Sie werden mir helfen. Ich liebe Friedriken — sie liebt mich. Meine Eltern sind gut; aber Sie könnten dagegen sein, andere Absichten haben — und ich kann, ich kann keine andere lieben; und Riekchen niemanden, als mich — sie hat es gesagt. Wir wären Beide unglücklich! Sprechen Sie für uns — sagen Sie ihnen das, und machen Sie ein glückliches Paar!

Pastor. Ihr liebt euch?

Anton. Ja.

Pastor. Und Sie, liebes Kind?

Friedrike. Ich vereinige meine Bitten mit den seinigen.

Pastor. Sollte aber das Zutrauen des Sohnes nicht zuerst den Eltern gebühren?

Anton. Nun, ich habe ja dieses Zutrauen auch.

Pastor. Ist das gut, wenn der Vater in dem wichtigsten Vorfall des Lebens die Wünsche und den Gehorsam des Sohnes durch einen Fremden erfährt?

Anton. (Mit Wärme.) Ist es denn ein Fremder, den ich darum bitte?

(Man hört Geräusch.)

Pastor. Nun ich will davon sprechen — sobald ich Ihren Vater sehe — heute noch.

Anton. Das ist mein Vater — ich kenne ihn am Gange. Reden Sie jetzt mit ihm. Ob du da bleibst? — Nein — geh mit — Komm! Oder — doch ja, geh mit. (Geht ein Paar Schritte.) Nun, vergessen Sie es nicht — ich kann nicht leben ohne das Mädchen. Sehen Sie, die Thränen kommen mir aus den

Augen — es ist wahrhaftig wahr. Komm, Riekchen.

(Geht ab mit Friederike.)

Pastor. Guter, ehrlicher Anton!

Siebenter Auftritt.

(Pastor. Oberförster.)

Oberförster. (Von außen.) Nur gleich besorgt! — (Im Kommen.) Ich will denn schon weiter sorgen, wie — Ei, sieh da! Willkommen Herr Pastor! Sie haben gewiß das Mädchen besucht?

Pastor. Ja. Freude, innige Freude, habe ich an ihrer guten Bildung.

Oberförster. Nicht wahr? Ja das Mädchen ist brav! (Er packt seine Pfeife, Tabacksbeutel und Papiere aus.) Nun meine Frau wird Ihnen ja wohl gesagt haben — Sie sind unser Gast diesen Mittag.

Pastor. Noch hat sie mich nicht gesehen. Ich danke indeß für die Einladung.

Oberförster. Also Sie kommen?

Pastor. Ja.

Oberförster. Brav, brav so! Wir wollen recht vergnügt sein, denke ich.

Pastor. Es ist mir lieb, Sie bei so guter Laune zu finden. Ich habe denn wieder so dieses und jenes Anliegen an Sie.

Oberförster. An mich? Wie — warum — wie? —

Pastor. Sie sollten es doch schon gewohnt sein, daß ich immer für jemanden bettle, wenn ich komme —

Oberförster. Nun was ist es? — Was ich helfen kann?

Pastor. Der alte Fritz, der schon bei dem vorigen Amtmann — — der schon dreißig Jahre auf dem Amte ist, hat gestern seinen Abschied bekommen.

Oberförster. Das ist schlecht vom Amtmann. Einen Hund schaffe ich nicht ab, wenn er auch noch so alt ist, wenn er auch kein Glied mehr rühren kann; und der Amtmann — Pfui!

Pastor. Was mir dabei sehr leid thut: man ist von allem Ihrem Gesinde des Guten so gewohnt, und Ihr Matthes hat durch boshafte, tückische Streiche den Mann vom Amte weggebracht.

Oberförster. Nun der Matthes entläuft seinem Galgen nicht. Da hat es —

Pastor. Der arme alte Mann hat die kranke Frau — die vielen Kinder! Es ist denn doch ein schreckliches Schicksal — In seiner Jugend — Husar, fast zum Krüppel gehauen und keine Pension — auf seine alten Tage aus dem Dienste noch verabschiedet! Er soll wie verzweifelnd im Orte herumgehen.

Oberförster. Armer, armer Teufel!

Pastor. Wenn man ihn nur erst den Winter durchbrächte. — Ich habe darum eine kleine Kollekte veranstaltet —

Oberförster. Das lohne Ihnen Gott! Ich will denn das Meinige auch dazu geben. — Hm — Wer bald giebt, giebt doppelt. Das hier — habe ich Rickchen geben wollen, dort wäre es auch gut gewesen; aber hier thut es Noth! Da —

Pastor. (Ohne es einzustecken.) Das ist viel.

Oberförster. Der Winter ist hart.

Pastor. Es ist wirklich viel. Lieber weniger Geld und etwas Holz.

Oberförster. Das Holz gehört dem Fürsten; das Geld ist mein. — Nun — was giebt es denn sonst Neues?

Pastor. Neues? Je nun — noch eine Bittschrift an Sie.

Oberförster. Bittschrift?

Pastor. Mündliche Vorstellung durch mich.

Oberförster. Von wem?

Pastor. Von Ihrem Sohn.

Oberförster. Was will er?

Pastor. — Heirathen. —

Oberförster. Hoho!

Pastor. Ein Mädchen, das er herzlich liebt, und die ihn wieder liebt.

Oberförster. Herr Pfarrer — wen er will — wer es sei — nur Mamsell Kordelchen vom Amte nicht. Wenn es die ist — so —

Pastor. Nein — es ist Rieckchen.

Oberförster. Ja? wahrhaftig? Es ist nicht möglich! Hat der Junge das Mädchen lieb? und sie —

Pastor. Sie ihn nicht minder.

Oberförster. Topp! die soll er haben — nur versteht sich noch nicht. Aber die soll er haben. Ei — wann hat er Ihnen denn das gesagt?

Pastor. Vor wenig Minuten.

Oberförster. Da wollen wir ihn gleich rufen. (Thut ein Paar Schritte.) Zwar nein, — das geht nicht so. — Hollaho! da hätte ich was Schönes angestellt!

Pastor. Wie so?

Oberförster. Ei — ha ha ha, ich muß doch meine Hausehre mit in den Rath ziehen.

Pastor. Ja wohl, ja wohl.

Oberförster. Heda — Rudolph! — he!

Rudolph. Herr Oberförster!

Oberförster. Meine Frau soll kommen. (Rudolph ab.) Ja wenn wir das vergessen hätten, Herr Pfarrer — der offene Krieg wäre angegangen. Und beim Licht besehen — gilt ja ihr Wort so viel, als meines.

Pastor. Richtig.

Oberförster. Ueber den Blitzjungen! Nun das ist doch der gescheidteste Streich, den er in seinem Leben gemacht. — Dafür hat er Kredit bei mir.

Pastor. Anton ist gut.

Oberförster. Aber wild — wild wie der Teufel. Zwei runde Jahre muß es mit der Heirath doch noch anstehen, wenn es gut gehen soll.

Pastor. Dazu rathe ich nicht, denn — —

Achter Auftritt.

(Vorige. Oberförsterin.)

Oberförsterin. Was giebt's? doch keinen Schaden, kein Unglück? Dienerin von Ihnen. — Eben habe ich hingeschickt, habe mir die Ehre ausbitten lassen, auf dies — — — —

Oberförster. Bestellt und angenommen.

Oberförstn. Danke vielmals. Nun was soll ich — warum bin ich gerufen?

Oberförster. Du kannst dir was zu Gute thun: Du bist gerufen, um Rath zu geben — das ist dir denn doch lange nicht begegnet.

Oberförstn. (Schlägt die Hände faltend zusammen.) Nun wahrlich, dann muß guter Rath theuer sein!

Oberförster. Richtig. Darum suchen wir ihn wohlfeiler.

Oberförstn. Nur geschwind, denn ich muß in meine Küche — was soll's geben?

Oberförster. Sieh, du bist eine kluge Frau, aber mit Antonen — hast du dich gewaltig verrechnet.

Oberförstn. Verrechnet? — Mit Antonen? Wie so? Worin? Wenn ich mich in dem irre, so sind alle Menschen falsch.

Pastor. Der Irrthum entsteht oft durch unser Verschulden.

Oberförstn. Nein — für meinen Anton stehe ich; der denkt nichts, was ich nicht wüßte. Für den stehe ich.

Pastor. Man kann für Niemand stehen und — (Er lächelt) in gewissen Fällen gar nicht.

Oberförster. Lassen Sie mich. Ich habe es so in der Art, ihr Fragartikel aufzusetzen. Die beantwortet sie scharmant. Am Ende sind wir immer Beide einig. — Nicht wahr — wenn Anton ein Mädchen liebte, so müßtest du es gemerkt haben?

Oberförstn. Richtig, das behaupte ich.

Oberförster. Nun — das behaupte ich auch. Wenn er heirathen wollte: so müßte er es dir am ersten sagen —

Oberförstn. Dabei bleibe ich noch.

Oberförster. Gut. Er wird dir es auch am ersten sagen?

Oberförstn. O das — das behaupte ich.

Oberförster. Das behaupte ich nicht! Der Junge soll heirathen; das will er auch. So weit ist die Sache richtig. Er soll Mamsell Kordelchen heirathen? die will er nicht — er will eine andre heirathen. Sieh, da hast du dich verrechnet, darum zerreiß dein Exempel — es ist falsch. Ha ha ha!

Oberförstn. — Was? —

Oberförster. Ja, ja.

Oberförstn. Anton heirathen! Nun wahrhaftig, das muß er klug gemacht haben —

Oberförster. Weil du es nicht gemerkt hast? Ja, der Klügste kann sich irren.

Oberförstn. Nun nun — er-

lebt man nicht Dinge! Je — wen denn?
Paſtor. Ihre Friedrike.
Oberförſtn. Was? (Ernſt.) Nein! (Mit einem Uebergange.) Aber nun geht mir erſt ein Licht auf! Vorhin — wie und da —! Aber wo habe ich denn die Augen gehabt? Nein, das iſt zu toll! So was iſt mir all mein Tage nicht begegnet!
Oberförſter. Was denn?
Oberförſtn. Denken Sie nur — — nein, es iſt wirklich zu arg.
Paſtor. Was war es denn?
Oberförſtn. Es iſt noch nicht lange her — Mamſell Kordelchen war da — Kommt der Junge von der Jagd — da ſtand ich; hier wo du ſtehſt, Mamſell Kordelchen; und dort, wo der Herr Paſtor ſteht, ſtand Riekchen.
Oberförſter. Und — wo ſtandeſt Du?
Oberförſtn. Hier —
Oberförſter. Nun nur weiter.
Oberförſtn. Kommt er von der Jagd — rennt auf das Mädchen zu, grade zu. Ich alterire mich, daß der Junge ſo grob iſt, ſage, er ſoll doch hübſch ſein Kompliment machen und manierlich ſein — nun, ſo ſteht er doch leibhaftig da, wie ein Stock! Ja — nun, auf die Art —
Oberförſter. Biſt du alſo nun dahinter gekommen? Nun ſag' uns deine Meinung von der Sache.
Oberförſtn. (Bedenklich.) Meine Meinung? (Mit leichtem Achſelzucken.) Ja, — — Riekchen iſt ein gutes Kind, ein braves Mädchen, das ich wie meine Tochter liebe, die uns keine Schande machen würde, die —
Oberförſter. „Aber" — Spann' den Hahn nicht ſo lange, ſchieß ab!
Oberförſtn. Aber ſie hat denn doch auch gar nichts. — Erſtlich: Man muß bedenken —
Oberförſter. Weib! Zähle doch die Glückſeligkeit nicht immer nach harten Thalern.
Oberförſtn. Aber ohne Geld lebt es ſich doch einmal nicht.
Oberförſter. Tauſend Sapperment! (Er geht umher.)
Paſtor. Liebe Frau, in Heirathsſachen iſt ſchwer zu rathen. Ich vermeide es ſogar, darum befragt zu werden. Aber wenn der Fall ſo klar iſt, wie hier — kann man es ohne Anſtand. Wenn Sie daher ſonſt kein Hinderniß wiſſen —
Oberförſter. Als wir uns heiratheten, waren wir arm — nun, wir ſind noch nicht reich — aber wenn uns nun Jemand der harten Thaler wegen hätte von einander jagen wollen? he?
Oberförſtn. Das mag alles gut ſein. Aber ich muß mich über dich wundern, daß du an Nichts denkſt. — Verſtehſt du mich?
Oberförſter. Nein.
Oberförſtn. Wir können dieſe Heirath vor unſerm Gewiſſen nicht verantworten.
Oberförſter. Weßwegen nicht?
Oberförſtn. Da Riekchen an-

derer Religion ist, als Anton, so dürfen die Beiden nimmermehr —
Oberförster. O Weib, du — das hätte ich — Weib! — Herr — jetzt ist die Reihe an Ihnen.
(Geht ab.)

Neunter Auftritt.

(Pastor. Oberförsterin.)

Oberförstn. Nein, das geht nicht. Alles Liebes und Gutes; aber das — Nun und nimmer nicht!
Pastor. Haben Sie keine Einwendung gegen diese Heirath, als daß Riekchen nicht unserer Religion ist?
Oberförstn. Nein. Sonst keine.
Pastor. Auch keinen Widerwillen, keine Abneigung irgend einer Art?
Oberförstn. Nein. Sonst keine.
Pastor. So sind Sie verbunden, diese Heirath zuzugeben.
Oberförstn. Was? das sagen Sie mir?
Pastor. Ich. Es ist Ihre Pflicht.
Oberförstn. Sie sind unser Herr Pastor, und sollten sich dawider setzen; Ihre Pflicht fordert —
Pastor. Meine Pflicht ist, Glückseligkeit befördern, Duldung verbreiten — nicht verfolgen.
Oberförstn. Verfolgen? Ei behüte, das sage ich nicht, das denke ich nicht einmal. Machen Sie mich doch nicht zu einem so gottlosen Weibe! Ich wünsche aller Welt Gutes — ich verfolge sie ja nicht.

Pastor. Menschenglück hindern — ist das nicht verfolgen?
Oberförstn. Ach, Herr Pastor — ich wäre ja recht glücklich, wenn ich es zugeben könnte. Aber mein Gewissen — mein Gewissen darf ich doch auch nicht verletzen.
Pastor. Sie glauben, diese andre Religion würde Ihren Kindern ein unglückliches Leben machen?
Oberförstn. Ja, das glaube ich. Das glaube ich und dabei bleibe ich.
Pastor. Hat Friedrike Sie geehrt, geliebt wie eine Mutter?
Oberförstn. Ja, das muß ich bezeugen. — Sie ist ein dankbares Kind.
Pastor. Ist sie sanft, gut — wohlthätig?
Oberförstn. O ja. Ja, das ist sie.
Pastor. Ist sie aufrichtig — fromm — sittsam?
Oberförstn. Das ist sie wahrhaftig — Aber
Pastor. Nun, dann beruhigen Sie Ihr Gewissen. Eine Religion, die diese Tugenden lehrt, macht auch das Leben nicht unglücklich — Geben Sie die Heirath zu.
Oberförstn. Wenn ich auch wollte — nein, ich kann es wahrhaftig nicht zugeben — ich kann nicht.
Pastor. Gute Frau — veraltetes Vorurtheil ist nicht Gewissen. Wer Eigensinn Religion nennt, versündigt sich.
Oberförstn. Versündigen —
Pastor. Auf Alles, was Eltern-

liebe thun kann, haben Sie ihr ein=
mal Anspruch gegeben. [Sie können
Sie jetzt ganz glücklich machen —
und wollen es nicht. Bedenken
Sie die Folgen. Verbieten Sie die
Heirath — so muß Friedrike aus
dem Hause. —

Oberförstn. (Gerührt.) Wenn
es dahin kommen sollte — so soll
es ihr doch an nichts fehlen.

Pastor. An nichts fehlen? —
O wir sind arme Menschen, wenn
man uns das Bedürfniß unsres Her=
zens nimmt! Ihr Sohn? — Der
junge Mensch ist heftig, Sie ent=
reißen ihm ein tugendhaftes Mäd=
chen, das er innig liebt. Sie sind
eine gute Mutter. Wollten Sie
alles das auf Ihr Gewissen nehmen,
wozu heftiger Schmerz den Jüng=
ling verleiten könnte?

Oberförstn. (Die Hände ringend.)
Ach Gott, wie quälen Sie mich!

Pastor. Nun, muthig im Guten
— Ihr Herz behalte die Oberhand,
da die Vernunft ihm sagt, daß man
Gott nicht ehrt, wenn man Men=
schenglück vernichtet.

Oberförstn. Es thut mir leid —
es zerreißt mir das Herz, ich weine
vor Angst. Aber man muß seine
Schuldigkeit thun, ohne Menschen=
furcht, Herr Pastor — ohne Men=
schenfurcht. Sie aber hätte ich für
viel zu brav gehalten, als daß Sie
sich von dem neumodischen Leicht=
sinn hätten hinreißen lassen.

Pastor. Neumodisch? — Men=
schenliebe ist so alt, als die Religion.
— Nun, meine letzte Vorstellung.
Sie sind alt — Ihr Sohn kann
diese Heirath verschieben — wollen
Sie ihn zwingen, von dem Tage
Ihres Todes an sein Glück zu rech=
nen?

Oberförstn. Will er so gottlos
sein — Gott mag es ihm vergeben!
— ich kann nicht anders.

Pastor (Mit edlem Eifer). O
Vorurtheil! stärker als Mutterliebe
für den einzigen Sohn — bist du
so Herr über die besseren Men=
schen? Was kann man vom Haufen
erwarten! Sie lassen mich bekümmert
von hier gehen. — Nur das sage
ich Ihnen noch — ehren Sie diese
verderbliche Beharrlichkeit nicht mit
dem Namen: Religionseifer. Dieser
ist erhaben und mild; was Sie
äußern, ist Groll gegen die Menschen,
die — — nicht glauben, wie wir
glauben. Meiner Vernunft und
meinem Herzen bleibt hier nichts
übrig, als der Wunsch — Bes=
serung.

(Im Gehen begegnet ihm der Ober=
förster.)

Zehnter Auftritt.

(Vorige. Oberförster.)

Oberförster (gutmüthig). Ist sie
zur Vernunft gekommen?

Pastor. Sie wird sich besinnen
— ich hoffe es.

Oberförstn. Ich will keine
Friedensstörerin sein — in Gottes

Namen — thue, was du willst; aber laß mich bei meiner Meinung.

Oberförster. Nein. Du sollst was Beßres meinen. Das ist unchristlich, gottlos — heidnisch!

Pastor. Gelassen, lieber Mann, gelassen!

Oberförster. Nein — dabei bin ich nicht gelassen. Wäre ich es, so sollten Sie keinen Schuß Pulver auf mich geben!

Pastor. Ihr weiches Herz wird die Oberhand behalten.

Oberförster. Ihre gesunde Vernunft soll die Oberhand behalten. Duldung ist Religion; die bitte ich nicht von ihr, die fordre ich. Die mehrsten Weiber, die in den Kirchen viel heulen, sind boshaft außer der Kirche. Treibst du mich so weit, daß ich dich dafür halte: — sich — so lange wir auch zusammen gelebt haben — ich — scheiden laß ich mich! Jetzt geh hinaus und besinne dich eines beffern!

Oberförstn. Gott weiß — ich bin nicht boshaft! Ich wünsche aller Welt Gutes; aber ich kann mich nicht überzeugen, daß das sein darf. Warum werde ich nun darüber so gequält? Ach, wer mir das vor einer Stunde gesagt hätte —

Oberförster. Jetzt geh — länger taugen wir nichts zusammen. Geh fort!

Oberförstn. Ach ich unglückliches Weib!

(Geht ab.)

Elfter Auftritt.

(Pastor. Oberförster.)

Oberförster. Nun — was sagen Sie? Wie gefällt Ihnen das?

Pastor. Ich gebe noch nichts auf — und wenn sie erst die Kinder selbst spricht —

Oberförster. Sie soll sie nicht sehen — sie soll nicht aus Mitleiden gut sein; gut, weil es gut ist; oder ich habe keinen Respekt vor ihr. Solchen boshaften Unverstand leide ich nicht! — Wenn ich nur die beiden jungen Leute aus dem Hause hätte! Ich schäme mich, wenn sie es merken; denn — —

Zwölfter Auftritt.

(Vorige. Anton.)

Anton (freudig). Nun, Vater?

Oberförster. Wer hat dich gerufen?

Anton. O sagen Sie mir nur mit einem Worte.

Oberförster. Geh an deine Arbeit, es ist hier nichts für dich zu thun.

Anton. Nichts zu thun? — Vater! Um Gottes willen.

Oberförster. Geh deiner Wege.

Anton. Die Mutter weint und antwortet nicht. — Nichts zu thun? — O Herr Pastor, Sie —

Pastor. Nur ruhig — es kann vielleicht noch werden.

Anton. Ich unglücklicher Mensch! — O du armes Mädchen!

Oberförster. Geh hin auf das Amt und bitte den Amtmann, die Amtmännin, die Tochter und den Sohn zum Mittagessen. Dann geh und —

Anton. Vater, das kann ich nicht.

Oberförster. Warum nicht?

Anton. Vater, ich kann's wahrhaftig nicht!

Oberförster. Du gehst gleich hin!

Anton. Alles in der Welt, nur nicht auf's Amt, nur jetzt nicht auf's Amt!

Pastor. Schicken Sie Rudolphen hin.

Oberförster. Er soll hin!

Anton. Mit rothen Augen? Dem Jungen zum Spott? Nein — und sollte ich niemals wieder in's Haus kommen, und sollte es mein größtes Unglück werden, und sollte mein Leben darauf stehen! Auf's Amt kann ich nicht gehen, Und Riekchen lasse ich nicht — Vater! Ich lasse sie wahrhaftig nicht!

Oberförster. Junge, laß dich nicht wieder vor mir sehen.

Anton. Gut, ich will's. Es soll geschehen. Sie machen mich unglücklich, Riekchen dazu, verstoßen uns — gut, ich gehe — Adieu, Vater — ich gehe.

(Geht ab.)

Dreizehnter Auftritt.

(Pastor. Oberförster.)

Pastor. Bester Mann! Sie waren zu hart.

Oberförster. Ich weiß nicht, was ich thue; solcher Dinge bin ich nicht gewohnt. Uebrigens mag er auf's Amt gehen — er mag es bleiben lassen; nur fort soll er. Ich kann es nicht leiden, wenn Kinder die Fehler ihrer Eltern sehen — und vollends solche Fehler. —

Vierzehnter Auftritt.

(Vorige. Friedrike.)

Friedrike. O lieber Vater, was ist das?

Oberförster. Was?

Friedrike. Anton kam heraus, küßte mich dreimal, die Thränen stürzten ihm aus den Augen, er riß den Hut von der Wand und stürzte zum Hause hinaus.

Oberförster. Teufelskind! — Riekchen, geh oben hinauf, bis ich dich rufe, und sei ganz ruhig. — Hörst du? — ganz ruhig.

Friedrike. Aber

Oberförster. Ganz ruhig. Es wird schon werden.

(Friedrike ab.)

Fünfzehnter Auftritt.

(Oberförster. Pastor.)

Oberförster. Mir ist wunderlich zu Sinne!

Pastor. Freund! Ich will mit Eifer arbeiten!

Oberförster. Bringen Sie alles wieder in's Gleis. Aber bald — mir ist bange um's Herz. Das ertrage ich nicht lange. — Ich greife durch — da geht mir's denn manchmal zu geschwinde von der Hand. Ich hätte es denn gern so mit Ehre und Frieden. — Nun — Sie thun nichts halb. — Sie werden es schon machen mit dem Weibe — Ich gehe aus dem Hause.

Pastor. Laß uns den Irrenden sanft zurecht weisen.

Oberförster. Adieu.

Pastor. Gott befohlen.

(Sie gehen auf verschiedenen Seiten ab.)

Dritter Akt.

(Eine Bauernwirthsstube, im Hintergrunde ein Tisch mit einem Schwenkkessel, Bouteillen, Gläsern ꝛc. An der Seite links ein Kamin auf bäurische Art, über dem Feuer ein Kessel, worin die Bauern Kaffee kochen.)

Erster Auftritt.

(Die Wirthin und Bärbel, ihre Tochter.)

Wirthin. Bärbel, Bärbel!

Bärbel (von außen). Ja, Mutter, gleich.

Wirthin. Tummle dich, sage ich.

Bärbel. Da bin ich — was wollt ihr?

Wirthin. Schwenk' die Gläser; sie kommen bald. — Rühr' dich!

Bärbel. Nun — wer wird denn kommen, als der alte lahme Gerichtsschreiber?

Wirthin. Nein, die Bauern kommen auch.

Zweiter Auftritt.

(Vorige. Gerichtsschreiber.)

Gerichtsschr. Guten Tag, Frau Wirthin!

Wirthin (kurz). Guten Tag, Herr Gerichtsschreiber.

Gerichtsschr. Es ist mörderlich kalt. Einen Trunk, Jungfer Bärbel.

Wirthin. Was giebt's denn heute? He?

Gerichtsschr. Ich will in Sachen des Kappe contra Romann erkennen. (Bärbel bringt ein Glas Wein. Er trinkt.) Recht lieblich — in der schweren Kälte recht ersprießlich. (Reibt die Hände.) In der Campagne von Anno 45 am Rheine, wo ich bei Dettingen so schwer am Fuß blessirt ward —

Wirthin. Ha ha ha!

Gerichtsschr. Was lacht Sie?

Wirthin. Der alte Quartiermeister von Remrein war neulich hier bei uns, und — ha ha ha!

Gerichtsschr. Lebt er noch, der ehrliche Schlag? Kenne ihn genau, ist mein alter Spezial, habe neben ihm manche Kugel sausen hören — ich!

Wirthin. Nun ja. — Da kamen wir auf Ihn zu sprechen. „Ist der

Kerl bei euch Gerichtschreiber?" sagte er. — „Nun," sagte er — aber lieber Herr Gerichtschreiber, Er muß nicht böse werden, denn ich sage es in allen Ehren — „ja," sagte er, — „das war ein durchtriebener Spitzbube."

Gerichtsschr. Wie — da? hm brr — hm!

Wirthin. Ein durchtriebener Spitzbube. Da wollte ich Ihn verdefendiren und auf Seine Campagne kommen — so sagte er — „Er wäre allemal zuerst ausgerissen." Wie ich nun von der Blessur sprach, wovon Er uns alle Abend erzählt, sagte der Quartiermeister — „Er hätte den Bauern Hühner stehlen wollen, und wäre erwischt. Auf der Flucht wäre Er in eine Sense gefallen, davon käme das kurze Bein."

Gerichtsschr. Höre man doch um's Himmels willen die Schwänke an! Das will Sie gehört haben?

Wirthin. Ja, ja.

Gerichtsschr. Der Quartiermeister ist — Apropos! ist er noch hier?

Wirthin. Nein, er ist fort.

Gerichtsschr. Der ist recht schlecht. Das sage ich. Die Blessur habe ich bekommen in der Bataille bei Dettingen. Wie der Feind auf uns anrückte, so — —

Wirthin. — Stand Er auf der Batterie mit fünfzig andern. Da kam der Herzog von Cumberland auf dem Schimmel geritten. Ihr Kinder, schrie der Herzog, deckt den Flügel! Da liefen ihrer neunundvierzig fort, aber Er blieb stehen, und so kam eine Kugel und streifte Ihn; aber Er blieb nun noch acht Tage liegen —

Gerichtsschr. Alles richtig.

Wirthin. Nun, man wird's denn am Ende doch wissen; Er erzählt's ja alle Abend.

Gerichtsschr. Nun — also bin ich nicht in die Sense gefallen.

Wirthin. Und also hat Er keine Hühner gestohlen.

Gerichtsschr. Eine Lehre kann ich Ihr doch bei der Gelegenheit geben. — Bei Leib und Leben erzähle sie so 'was Ehrenrühriges nicht, wenn Einer Wein trinkt. Ich bin sonst ein moderater Mann, aber hierüber habe ich mich gealterirt — und wenn der Quartiermeister hier wäre — so könnte ich ihn in der Hitze und durch das Weintrinken — ich könnte ihn zu Granatbißchen hauen. (Trinkt.) Kommen heute spät, die Bauern.

Wirthin. Was sollen sie denn auch hier thun?

Gerichtsschr. Hm brr hm! Haus und Hof kaufen.

Wirthin. Und in drei Wochen wieder verkaufen, so fällt es in Euern Beutel.

Gerichtsschr. Noch eine Bouteille!

Wirthin. Steht schon zu viel angeschrieben.

Gerichtsschr. Laßt es stehen. Die Gemeinde muß zahlen.

Wirthin. Das ist nicht fein — das werde ich melden.

Gerichtsſchr. Frau Wirthin!
Wirthin. Ei was, es iſt wahr — was zu arg iſt, iſt zu arg. Man muß leben und leben laſſen. Er will die georditierte Obrigkeit ſein —
Gerichtsſchr. Nun ja.
Wirthin. So ſollte Er es auch hübſch darnach machen. Aber erſt beſchwatzt und berauſcht Er die armen Leute, daß ſie in's Tageslicht hinein kaufen. Vier Wochen darnach ſitzt Er ihnen auf dem Halſe. Nun heißt es: Geld her! Da wird wieder exequiert, verkauft und genommen, bis ſie fort von Haus und Hof einer nach dem andern in die neue Welt ziehen.
Gerichtsſchr. Laß ſie ziehen — ſo giebt es Platz.
Wirthin. Wenn ſie alle nach der neuen Welt gezogen ſind, dann kann ich mein weißes Roß zuſperren — gelt? Nein, bleib' Er mir zu Liebe weg. Der Gewinn iſt Sün=bengeld, ich mag ihn nicht. Wer weiß, wer weiß, warum mir mein Sohn ſo plötzlich geſtorben und mein Vieh ſo gefallen iſt.
Gerichtsſchr. Hat Euch denn der Tiſchler bezahlt? He?
Wirthin. Der Herr Amtmann ſollte ein Einſehens haben — — aber der — —
Gerichtsſchr. Sagt doch, hat euch der Tiſchler bezahlt?
Wirthin. Nein. Woher auch nehmen? Es giebt keine Arbeit.
Gerichtsſchr. Ihr ſollt Euer Geld bald kriegen.
Wirthin. Wovon denn?
Gerichtsſchr. Es iſt doch jetzt eine ungeſunde Zeit — nicht wahr?
Wirthin. Nun ja.
Gerichtsſchr. Es ſterben viele Menſchen?
Wirthin. Ja. Aber —
Gerichtsſchr. Nun ſeht, wie ich das ausſtudiert habe. Da fallen wir dem Tiſchler in die Flanke — und legen Arreſt auf die Särge oder Todtenladen —
Wirthin. Was?
Gerichtsſchr. Nun, und ich weiß ihrer . . . drei, die alle bei ihm arbeiten laſſen, für die wird ſchon in den Kirchen gebetet. Wenn die dran glauben müſſen, ſo ſeid Ihr auch bezahlt.
Wirthin. Er will gar geſcheidt ſein, aber ſein ausſtudiertes Weſen kommt manchmal recht albern heraus. Für unſer Dorf wäre es recht gut, wenn Er mit dem andern Beine auch nicht gehen könnte. Wenn Ihn etwa einmal nach meinen Hühnern gelüſtet, ich will ihm die Senſe zu=recht legen. Und nun, Herr Ge=richtsſchreiber, wenn Er noch ein bißchen geſcheidt iſt, ſo kommt Er hier nicht wieder her, oder ich packe Ihn auf und ſetze Ihn vor die Thüre. (Geht ab.)
Gerichtsſchr. Frau Wirthin! — Nun ich will dießmal nichts daraus machen, weil — — wenn aber meine Herren Kollegen hier wären, ſo ſo — —

Dritter Auftritt.

(Vorige. Kappe. Romann. Ein alter Bauer und noch einige andere Bauern.)

Romann. Guten Tag, Herr Gerichtsschreiber!
Kappe. Guten Tag, Herr Gerichtsschreiber!
Alle. Guten Tag, Herr Gerichtsschreiber!
(Sie kommen einer nach dem andern herein, außer die letzten, welche zugleich herein treten.)
Gerichtsschr. (setzt sich). Willkommen, ihr Herren!
Kappe. Er soll's nun einmal ausmachen mit dem Handel.
Romann. Es kostet einem jeden schon acht Thaler.
Alle. Wir wollen nun nicht mehr kommen.
Gerichtsschr. (schlägt mit dem Stäbchen auf den Tisch). Silentium! Ihr seid der Peter Kappe?
Kappe. Ja.
Gerichtsschr. Und ihr?
Romann. Hans Romann.
Gerichtsschr. Nachdem sich neulich unter euch, dem mehrbemeldeten Peter Kappe, und Euch — wie heißt ihr?
Romann. Hans Romann. Mein Vater ist der Kaspar Romann an der stumpfen Ecke.
Gerichtsschr. Und euch, Hans Romann, ein Haber hat ergeben wollen —
Romann. Nein, er hat sich nicht drein ergeben wollen, darum habe ich ihn geklopft.
Kappe (zum Gerichtsschr.) Nun hört Er's doch, daß ich Recht habe?
Romann (zu Kappe). Ihr habt nicht Recht, denn —
Kappe. Herr Gerichtsschreiber! Mit der geballten Faust hat er mich hier auf die Nase geschlagen —
Romann. Ihr wollt euch verdefendiren, aber —
Kappe. Ihr lügt ein Mal ärger, als das andere.
Einige. Kappe hat Recht.
Andere. Nein, er hat nicht Recht.
Gerichtsschr. (steht auf). Halt! Silentium!
Kappe. Ich laß mich nicht betölpeln —
Romann. Ich will euch weisen —
Gerichtsschr. Halt! — Im Namen des hochlöblichen Amts. (Die Bauern treten zurück.) Oder ich lege euch das Handwerk. Million Bomben-Sapperment! — ich weiß, was Rechtens ist! (Er schreit um so stärker, je mehr die Bauern weichen.) Ich bin dabei gewesen, war vier Jahre lang Feldwebel, habe schwere Campagnen gemacht, habe mir lassen Wind um die Nase wehen — daß ihr's wißt! he!
Kappe. Nun ja.
Romann. Ich glaub's.
Gerichtsschr. (im nämlichen Raptus.) Was?
Kappe (lachend). Nun, Er ist Feldwebel gewesen.
Romann (halb hinter dem Hute

lachend). Ja, der Wind hat Ihm an die Nase geweht, lieber Herr Gerichtsschreiber!

Gerichtsschr. Als ich Anno 54 die große Glocke konvoirt habe, so habe ich 9 Mann kommandirt und will euch schon zur Räson bringen. (Im Niedersitzen.) Und es hat verlauten wollen, als ob mehrgedachter Romann dem Peter Kappe die Nase im Gesicht habe verläbiren wollen —

Kappe. Gucke Er hier —

Romann. Ich habe ihn nicht geschlagen. Ich fiel, und wollte mich halten, damit kriegte ich seine Nase zu packen.

Gerichtsschr. Und nunmehr nach genugsamer Untersuchung —

Vierter Auftritt.

(Vorige. Matthes in der Amtslivree.)

Matthes. Sein Diener, Herr Gerichtsschreiber.

Gerichtsschr. Ei — Sein Diener. Nun — auch bei dem hochlöblichen Amt in Diensten? Nun — gute Freundschaft!

Matthes. Topp — gute Freundschaft! Ein Gläschen darauf?

Gerichtsschr. Je nun — Ihm zu Liebe. Geht in Gottes Namen nach Hause, ihr Leute.

Kappe. Aber mein Prozeß?

Gerichtsschr. Vergleicht euch.

Romann. Wir können uns nicht vergleichen, darum klagen wir ja.

Gerichtsschr. Ihr sollt euch vergleichen.

Kappe. Ich habe in vier Verhören für einen Thaler Wein getrunken.

Gerichtsschr. Trinkt Sonntags keinen.

Romann. In dem letzten Verhör hat Er allein für einen halben Thaler auf meine Rechnung gesoffen.

Gerichtsschr. Da ist der Bescheid.

Kappe. Ich will keinen.

Romann. Wenn wir uns vergleichen wollen, so thun wir's ohne Seinen Bescheid, damit kriegt Er keinen Heller.

Gerichtsschr. Vergleicht euch, oder laßt es bleiben — nehmt den Bescheid, oder laßt ihn liegen; nur zahlt die Unkosten — 4 Reichsthaler.

{ Kappe. Ei Gott!
{ Romann. Das ist zu toll.

Der alte Bauer. Darnach werden wir uns weiter umsehen.

Gerichtsschr. Das hochlöbliche Amt hat es befohlen. Wer nun noch ein Wort sagt, kommt in den Thurm! (Die Bauern gehen unter bedrohenden Pantomimen in den Hintergrund, und setzen dort leise ihr Gespräch fort).

Der alte Bauer (faßt den Gerichtsschreiber bei der Brust). Spitzbube, du machst unser Dorf unglücklich!

Gerichtsschr. Nun, nun — Herr — —

Der alte Bauer. Spitzbube noch einmal! Wenn du was dagegen hast — ich bin auch Solbat gewesen, und so alt ich bin, so —

Gerichtsschr. (bietet die Hand). Ei, lieber Herr Reinhard. Der alte Bauer (schlägt sie weg). Das nehme ich nur von einem ehrlichen Kerl an. (Geht zu den Uebrigen).

Matthes. Leidet Er das?

Gerichtsschr. Und wohl noch mehr. Denn ich muß ein Beispiel geben. Hintennach weiß ich sie doch schon wieder zu — —

Matthes. Nun so laß ich's gelten.

Gerichtsschr. An allem dem Unheil ist der Pfarrer aus eurem Ort schuld. Der macht die Leute so überverständig. Der Herr Oberförster macht es denn auch nicht besser —

Matthes. Nun mit dem kann es sich legen. Wenn der junge Förster Mamsell Kordel nicht nimmt, so kann es ihm noch wunderlich gehen. Der Amtmann hat einen langen Arm in der Stadt, und der hat's ihm geschworen. Bricht's da — so hat Er auch einen freien Rücken.

Gerichtsschr. Der Herr Amtmann — — die Kerls hören uns doch nicht —

Matthes. Bewahre, die sind in ihrem Prozeß —

Gerichtsschr. Der Herr Amtmann lassen mich nicht im Stich, da hat's gute Wege! Nun — Sie wissen auch schon, warum. — Jetzt bin ich ihm darin sehr nöthig.

Matthes. Warum?

Gerichtsschr. O jetzt blüht mein Weizen. Der Herr Amtmann verhängt denn so ein Schuldenwesen nach dem andern — Versteht Er? So was wird gar klug gemacht. Das Eselsvolk zieht in die neue Welt, und — Er versteht schon? —

Matthes. Nun — es leben die Landdienste!

Gerichtsschr. Wo geht's denn mit Ihm hin?

Matthes. Meine erste Arbeit. Geld in die Stadt bringen.

Fünfter Auftritt.

(Vorige. Wirthin.)

Wirthin. Ach, du lieber Gott!

Die Bauern (durch einander). Was ist, was giebt's, Frau Wirthin?

Wirthin (wischt sich die Augen, erzählt und macht Pantomime auf Matthes).

Matthes. Die sprechen von uns — sie werden doch nichts gehört haben.

Gerichtsschr. Sollt's nicht meinen. Nun, Frau Wirthin, was Neues?

Der alte Bauer. Armer Teufel!

Alle. Ja wohl. (Sie kommen herunter und setzen sich um den Kamin.)

Wirthin. Herr Matthes — Sein Dienst mag recht gut sein, ich will auch glauben, daß Er ihn in allen Ehren gekriegt hat; aber es ist doch hart!

Matthes. Was? Ich verstehe euch nicht.

Wirthin. Der alte Fritz vom Amte war da. Du lieber Himmel, wie sieht der Mann aus! Herr Matthes — nehme Er's übel oder nicht — ich könnte nicht in dem Rock stecken, den ich einem mit Gewalt vom Leibe gerissen hätte.

Matthes. Haltet das Maul, alte —

Wirthin. Nun, lieber Gott! Ich werd's nicht ändern. Aber man hat denn doch ein Herz. Es ist Winterszeit — der Mann sah ganz verkehrt aus — Er trank ein Gläschen und suchte in den Taschen. Ja, daß ich was von ihm genommen hätte! behüte! — ich schämte mich der Sünde!

Sechster Auftritt.

(Vorige. Anton hat einen Hirschfänger um).

Anton. Guten Tag! (Er geht gerade auf den Kamin zu, zwischen Matthes und den Gerichtsschreiber, welche sich umsehen, aber nicht rücken. Der Gerichtsschreiber grüßt kaum, Matthes gar nicht.) Nun, Platz da!

Gerichtsschr. Ei warum?

Matthes. Ich sitze gut.

Anton. Platz! daß ich auch zum Feuer kann.

Matthes. Wer zuerst kommt, mahlt zuerst.

Anton. Wißt ihr, wen ihr vor euch habt?

Matthes. Was dem Einen recht ist, ist dem Andern billig. (NB. Immer ohne sich umzusehen.)

Anton. Schurke, nun ist es genug! (Zieht.)

Der alte Bauer (fällt ihm in den Arm). Herr Förster!

Matthes (greift nach seinem Knotenstock). Was er denn wohl will, in Kuckuks Namen!

Anton. Kerl, geh aus der Stube, oder du bist des Todes!

Matthes. Ah — (Setzt sich). Noch ein Glas, Herr Gerichtsschreiber!

Gerichtsschr. Ich will's holen. (Geht ab.)

Anton. Laßt mich los.

Wirthin. Um Gottes willen, haltet ihn ab!

Anton. Laßt mich los, in's Teufels Namen! Ich haue ihn zusammen, den Hund —

Der alte Bauer. Gemach — Herr Förster, bedenken Sie, Ihr alter Vater!

Anton. Und Rieckchen — und mein Versprechen. Alter, ich will ruhig sein. Aber schafft den Kerl fort. Wein, Frau Wirthin! (Die Bauern bereden Matthes, fortzugehen.)

Wirthin. Lieber Herr! Sie sind feuerroth — so schnell in die Hitze —

Anton. Wein, sage ich! —

Wirthin. Aber, lieber Herr Förster

Anton (Ergreift eine Bouteille, und stürzt ein Paar Gläser hinunter). Macht nicht so viel Wesens.
Wirthin. Nun, auf Ihre Gefahr!
Der alte Bauer. Und jetzt, Herr Matthes, — zieh' Er die Pfeife ein, und geh Er.
Matthes. So bald mir's beliebt.
Wirthin (ängstlich zwischen beiden Parteien). Ach Gott, ihr Leute!
Anton. Elender Spitzbube!
Matthes (klopft die Pfeife aus). Jetzt ist mir's gelegen. Nun wärme Er sich, Monsieur. (Im Gehen).
Anton. Schurke! Ich habe dir's lange gedacht. Aber wart', ich treffe dich schon noch.
Matthes (hebt den Stock und will umkehren. Die Bauern nehmen ihn unter Pantomimen gütlichen Zuredens doch ohne lächerliches Getümmel, mit sich fort).

Siebenter Auftritt.

(Anton. Wirthin.)

Anton (ihm nach). Schlechter Kerl! — Noch ein Glas!
Wirthin. Lieber Herr Förster, in der Hitze, auf den Aerger — es geht ja wahrhaftig nicht.
Anton. Gebt es doch! Wer weiß. Ihr gebt mir wohl so bald keines wieder —
Wirthin. Was sind das für Reden?
Anton. Nun gebt her. (Die Wirthin giebt ihm. Nachdem er hastig getrunken.) Für wen tragt ihr Schwarz?
Wirthin. Für meinen Anton. Vorige Woche ist er gestorben.
Anton. Du lieber Gott!
Wirthin. Ich habe nur den einzigen Sohn gehabt, und er hat fort gemußt — Der Junge fehlt mir in allen Winkeln. Was hilft's? — man weint ihm nach — aber — Hin ist hin.
Anton (mit gesenktem Blick und tiefem Athem). Hin ist hin! (Abwärts.) Ob sie mir auch wohl eine Thräne nachweint —
Wirthin. Was meinen Sie?
Anton. Hin ist hin! — gebt mir Papier und Feder.
Wirthin. Hier, da ist — — —
Anton (setzt sich zum Schreiben, denkt, schreibt ein Wort, streicht es aus und springt auf). Mutter — ich wollte, ich läge so tief, wie euer Anton.
Wirthin. Gott soll Sie bewahren! — So ein lieber junger Herr — haben so liebe Eltern; warum wollten Sie sterben?
Anton. Nun, was giebt's denn Neues bei euch? — Die Werber sind ja von euch gezogen — wohin denn?
Wirthin. Eine kleine halbe Stunde von hier, nach Graurode.
Anton. Nun, in Gottes Namen! — Noch ein Glas.
Wirthin. Nichts — und wenn Sie es mit Golde bezahlen wollten.
Anton. Nun, so lebt wohl.

Adieu, Alte — Gott tröste euch! — Noch eins — schickt doch in meinen Ort nach Weissenberg — da ist die Friedrike wieder in unserm Hause.

Wirthin. Ich weiß, das liebe Mädchen ist diesen Morgen hier durchgekommen — es ist ein herz= lich Ding.

Anton (mit Feuer). Nicht wahr? Nicht wahr? Rieckchen ist gut? Nicht wahr! ihrer giebt's wenige? (Mit unterdrückten Thränen.) So ehrlich — so hübsch — so brav —

Wirthin. Das ist gewiß.

Anton (gefaßter). Nun, so thut mir den Gefallen, geht hin — ich muß über Feld — und das Schrei= ben will mir nicht von der Hand — ich — ich kann's euch sagen, ich habe das Mädchen gern. Sagt ihr, ich wollte ihr bald schreiben — bald! — Ich — (Er wirft sich mit Ausbruch von Thränen auf den Stuhl.) Ach, lieber Gott!

Wirthin. Herr Förster, wie wird Ihnen?

Anton (reißt Halsbinde und Hemb= kragen ab). Es ist mir so heiß — so ängstlich, so bange. Ich hätte doch den Wein nicht trinken sollen.

Wirthin. Liebes Kind! Sie sind doch da nicht auf üblem Wege?

Anton. Ich wollte bald schrei= ben — und ich wollte sie in alle Ewigkeit nicht vergessen — Sie möchte nur nicht weinen, es ginge mir gut, recht gut.

Wirthin. Aber Sie kommen ja bald wieder; warum soll ich —

Anton. Nicht so bald — da= mit sie ruhig ist — thut mir die Liebe! denkt, es wäre euer Anton, der euch so bäte — —

Wirthin. Ja, lieber Gott, dann wollte ich — Ja, ich will es be= stellen! und an Ihre Eltern?

Anton (mit heftiger Bewegung). Einen Gruß — ich wäre hier durch= gereis't — ich ließe ihnen noch ein= mal Adieu sagen. Hört ihr? — Adieu an Vater und Mutter!

Wirthin. Mein Gott! Was ist Ihnen? — Sie bluten ja aus der Nase, Herr Förster! (Sie ergreift seine Hand).

Anton (wendet sich etwas ab, und hält das Tuch vor). Sie sollten Riek= chen gut halten — ich wollt' es ihnen ewig — ewig danken — und ich wollte mich gut halten, und brav werden (Fast mit Schluchzen.) und wenn ich zu sterben käme — so sollten sie Rieckchen zur Erbin ein= setzen, und — Mutter, Gott tröst' euch! (Reißt sich gewaltsam los und fort.)

Achter Auftritt.

(Wirthin. Hernach Bärbel.)

Wirthin. Je, wie ist denn das? Gelaufen — glüht wie ein Ofen — den Wein hinein gestürzt — nach den fremden Werbern ge= fragt — ich soll den Eltern Adieu sagen — und so fort! der Teufel wird ihn doch nicht geblendet haben, daß er unter die Reiter gehen will — was? He, Bärbel — Bärbel!

— Zwar, das geht nicht; er ist ja Förster! — Indeß es ist ein junges Blut, und wenn denen die Ratte durch den Kopf läuft — Freilich dürfen sie ihn auch nicht annehmen — aber sei du Herr Förster, oder nicht; was das Volk einmal in den Klauen hat, giebt es nicht wieder heraus. Bärbel, he!

Bärbel (träge). Nun, was ist?

Wirthin. Geschwind, geschwind! Ich muß nach Weissenberg. Stell' den Regenschirm parat — bring' mir meine schwarze Sammtkappe, meinen Sonntagsmantel und die Klapphandschuh'. Rühre Dich. (Bärbel ab). Das arme Weib! (Sie räumt Sachen vorn von der Bühne in den Hintergrund.) und der gute Alte, sie grämten sich zu Tode. Gleich will ich hin — alles zugeschlossen — bei dem Wetter wird so niemand sonderlich kommen. Das Mädchen mag einmal haushalten.

Bärbel (bringt die Sachen).

Wirthin. Nun du! Mach' Deine Sachen gescheidt, hörst du? Jedermann richtig Maß — Niemand aufgehalten! (Setzt die Kappe auf.)

Bärbel. Es ist über eine Stunde Weges, es ist Winterszeit — schlechtes Wetter, ihr solltet doch dableiben. —

Wirthin. Was Winterszeit, was schlechtes Wetter! die Leute haben nur den einzigen Sohn. Ach, könnt' ich meinen Anton wieder holen, an's Ende der Welt wollte ich laufen.

Bärbel. Es hat ja Zeit bis morgen.

Wirthin. Wie du es verstehst! Man soll nicht warten bis morgen, wenn man einem Menschen eine gute Stunde machen kann.

Bärbel. Aber was geht es denn euch an?

Wirthin. Höre, ich habe dir's lange angemerkt, wenn du nur einem Menschen ein Stück Brot abschneiden sollst, so läßt du das Maul hängen; keinem Menschen gönnst du was Gutes: aber den heimlichen Neidhard sollst du abschaffen, oder ich will nicht gesund von der Stelle gehen! daß du's weißt! (Geht ab.)

Neunter Auftritt.

(Bärbel räumt alles weg. Indem kommt, der Seite gegenüber, wo die Wirthin abging, der Gerichtsschreiber.)

Gerichtsschr. Sind sie fort?

Bärbel. Was?

Gerichtsschr. So — von Stuhlbeinen — und blutigen Köpfen!

Bärbel. Bewahre uns Gott!

Gerichtsschr. Nicht einmal? — O so habe ich die liebe Zeit davon. Wo ist mein Glas? — ich hatte noch nicht ausgetrunken, als der Rumor anging.

Bärbel. Da steht's.

Gerichtsschr. (im Trinken). Das ist ein Kreuz! Nichts wird inquisitionsmäßig, und wenn die Karten noch so gut fallen. Da hätte ich das Leben verwettet, es würde wenigstens ein halber Schädel in Untersuchung kommen — Nichts! Seit neun Jahren keinen erheblichen galgenmäßigen Malefikanten, und seit achtzehn Jahren keine Tortur — es ist zum Gotterbarmen! das — (Geht ab.)

In des Oberförsters Hause.

Zehnter Auftritt.
(Oberförster. Rudolph.)

Oberförster. Rudolph, seid ihr auf dem Amte gewesen — ich weiß nicht, essen wir allein, oder — —
Rudolph. Ja. Sie kommen, nur die Frau Amtmännin nicht.
Oberförster. Auch gut.
Rudolph. Sie sagte, unsere Hunde machten zu viel Lärm, sie kriegte Kopfweh davon.
Oberförster. Der Herr Pastor wird wohl noch da sein?
Rudolph. Nein. Vor einer halben Stunde ist er weggegangen.
Oberförster. So?
Rudolph. War der junge Herr Förster nicht bei Ihnen?
Oberförster. Nein. — Ist er auch in der Zeit noch nicht nach Hause gekommen?
Rudolph. Ich habe ihn mit keinem Auge gesehen.
Oberförster. Schickt einmal nach der fahlen Eiche. Vielleicht ist er da. Er soll hereinkommen.
Rudolph. Ganz wohl.
(Geht ab.)

Oberförster. Wundern soll mich's doch, woran ich mit der Frau sein werde? Ob — —

Elfter Auftritt.
(Oberförster. Oberförsterin.)

Oberförstn. (setzt sich oft in Positur, etwas zu sagen, ist verlegen um den Anfang, nimmt Tabak und geht herum).
Oberförster (sieht sie nicht an und geht auf der andern Seite herum.)
Oberförstn. Nun?
Oberförster (kurz). Was giebt's?
Oberförstn. Ei, fahr' mich nur nicht so an!
Oberförster. Sprich vernünftig, oder schweig.
Oberförstn. Meinetwegen — ich schweige. (Sie geht ein Paar Schritte, er auch wieder.)
Oberförstn. Alter —
Oberförster. Hm?
Oberförstn. Wann soll denn die Hochzeit sein?
Oberförster. Welche Hochzeit?
Oberförstn. Mit Anton und Friedriken —
Oberförster (Nach kurzer Pause). Bist du doch vernünftig worden! habe Dank.
Oberförstn. Nun nun — mach' nur nicht so viel Aufhebens davon! — Ich denke, in der andern Woche würde sich's am besten schicken —
Oberförster. Ich habe es zwar noch verschieben wollen — aber wenn

es dir Freude macht, lieber in dieser Woche, als in der künftigen. — Sei nun auch wieder freundlich.

Oberförstn. (mit allem Gardinenpredigtpathos). Eile mit Weile! So einen Morgen habe ich lange nicht gehabt, und solche Sachen hast du mir in deinem Leben noch nicht gesagt.

Oberförster. Aber, herzensgutes Weib, so ärgerlich hast du auch n deinem Leben noch nicht gesprochen.

Oberförstn. Ich heulte in der Kirche, und wäre boshaft zu Hause!

Oberförster. Nun, nun — was ist denn —

Oberförstn. (mit Gefühl von wahrer Kränkung). Nein, nein — aus allem Auffahren mache ich mir nichts; aber so was? — dann lauft es über. Wir leben dreißig Jahre zusammen. Habe ich dich in der Zeit boshaft betrübt? Man muß seine Worte hübsch bedenken.

Oberförster. Es thut mir leid —

Oberförstn. Und dann — von Scheidung? So gottlos hast du noch nie gesprochen. Unter christlichen Eheleuten ist so was nicht erhört.

Oberförster. Ich wollte, es wäre nicht geschehen; aber über das Kapitel — ich sehe denn schon, wie ich es bei Gelegenheit wieder gut mache. Nun — ist denn nun wieder Friede?

Oberförstn. Hm!

Oberförster. Deine Hand!

Oberförstn. (giebt sie, aber sieht ihn nur halb an).

Oberförster. Du mußt mich auch dazu ansehen. So — und einen Kuß — denk', ich wäre noch dein Bräutigam. (Sie umarmen sich.) Es hat dich denn doch nicht gereut, daß du es mit mir gewagt hast?

Oberförstn. Nun —

Oberförster. Jetzt wollen wir darauf denken, den Leuten eine kleine stille Hochzeit zu geben.

Oberförstn. (mit aller ihrer lebhaften Geschwätzigkeit). Was? Kleine stille Hochzeit?

Oberförster. Ich denke, es ist dir so am liebsten.

Oberförstn. Daß ich für einen Geizteufel ausgeschrieen würde! daß es hieße: meine Kinder wären mir nicht einmal so viel werth!

Oberförster. Nun, wie du willst.

Oberförster. Nein! So einen Tag erlebt man nur einmal, und den muß man in Ehren und Freuden zubringen. Alles soll dazu gebeten werden. Das habe ich mir so ausgedacht: —

Oberförster. Laß hören.

Oberförstn. Hier oben sollen des Morgens die Gäste zusammen kommen. Mittags ist die Trauung, auf die Stunde, wie unsre. Nachher essen wir hier. Den Jägern geben wir ein Fäßchen Wein, du weißt, von dem, rechter Hand im Keller. Er ist vier Jahre alt, und es ist ein guter Wein — damit sollen sie unten sein. Abends wird hier oben

Iffland, Die Jäger.   4

getanzt — und dazu sollst du die besten Musikanten aus der Stadt kommen lassen, die besten! das sage ich dir.

Oberförster. Das will ich.

Oberförstn. Unten kann sich das Volk lustig machen. Singen, tanzen, essen, was sie wollen, wie sie wollen. Um zehn Uhr geht Alles hinunter — bunt durch einander. Riekchen darf keinem den Ehrentanz abschlagen — Keinem Bauern, keinem. Wenn ich tanze, so gebe ich —

Oberförster (lächelt). Das geht ja, wie am Schnürchen!

Oberförstn. Ja. So soll Alles gehalten werden.

Oberförster. Ich glaube, du giebst die Heirath zu, damit du nur Hochzeitsanstalten machen darfst?

Oberförstn. Wenn ich bei so was nicht wäre — du vergißt Alles. Du denkst an Nichts. Und die Kuchen, die sollen hier im Hause gebacken werden, nicht etwa — (Sie hört die Thür öffnen.) Ach Jemine! Unser Herr Amtmann, und Mamsell Kordelchen.

Zwölfter Auftritt.

(Amtmann. Kordelchen. Vorige.)

Amtmann. Es ward mir wahrlich sehr sauer, mich loszureißen — aber auf Ihr Begehren habe ich denn doch nicht ermangeln wollen —

Oberförster. Ja, meine Frau, die — meine Frau hat (zu ihr) — „Sehr sauer?" Sapperment!

Kordelchen. Kommen Sie, Mama! wir gehen vorher noch auf Ihr Zimmer.

Oberförstn. Wie Mamsell befehlen.

(Oberförsterin und Kordelchen gehen ab.)

Dreizehnter Auftritt.

(Oberförster. Amtmann.)

Amtmann. Ich muß wegen der Grenzstreitigkeiten mit Oberhausen noch arbeiten, ehe ich dort hingehe — die Prozeßsachen hier im Ort wollen denn doch auch gefördert sein — wie gesagt — ich mußte mich mit Mühe losreißen.

Oberförster. Prozeßsachen? O, Herr Amtmann, kehren Sie zurück, achten Sie nicht auf die Einladung — in unserm Ort sind viel Bettelleute durch langsame Justiz. Wollten Sie ihnen heute helfen? O, so wahr Gott ist! dann thun Sie was Bessers, als Braten essen und Wein trinken — kehren Sie zurück!

Amtmann. Nicht doch — es kann Anstand haben. Es hat damit nicht so viel Eile.

Oberförster. Nicht Eile? — Mordtausend Sapperment!

Amtmann. Was ist Ihnen?

Oberförster. Herr! dem Ludwig Grothal kostet der Prozeß — der Bettel, über den er herkommt, ist fünf Thaler werth — kostet ihn hundert. Das Haus ist für die Gerichtskosten verkauft — das Vieh wurde herausgetrieben, indeß er auf dem Felde war. — Es war nur Vieh, aber wie ich es so in der Irre brüllen hörte, schnitt mir's durch's Herz. Die Kinder sind von der Gemeinde barmherzig aufgenommen. Er ist nach Amerika. Um Papiere, um elende Rechtsverdrehungen ist ein fleißiger Hausvater aus dem Vaterlande gejagt worden! Herr — wenn zu Ihren Tressen da — auch nur etliche Groschen von jenem Vermögen verwandt sind, so drücken sie schwer.

Amtmann. Lieber, heftiger Mann — was kann ich dabei thun? Der Schlendrian ist alt — ich kann ihn nicht heben — man muß Geduld haben!

Oberförster. Wie zum Teufel! soll es ein ehrlicher Mann mit seinem Gewissen machen? Wahrheit ist nicht Wahrheit. Wer klagt, wird ausgelacht. Wem der Kopf brennt über einen Schurkenstreich, ist ein Tollkopf. Drein hauen soll man nicht. Was denn? Schweigen, lügen, unbarmherzig, feig sein — oder mit stehlen und rauben, drüber und drunter.

Amtmann. Mein guter Mann — das war der Welt Lauf von Anbeginn, und wird's auch wohl bleiben bis an's Ende.

Oberförster. — Herr — ich glaube, Sie haben Recht.

Amtmann. O gewiß!

Oberförster. Wenn ich nicht gewiß glaubte, daß ich zu wichtigerer Ursach auf der Welt bin, als mich zu plagen und zu verwesen; daß einmal an einem andern Orte gleich gemacht wird, was hier ungleich bleibt — wenn ich das nicht mit fröhlichem Muthe glaubte: so könnte ich mit einem Schurken nicht drei Minuten allein sein, ohne ihm eine Kugel durch's Herz zu brennen. — Wie befinden sich der Herr Sohn und die Frau Gemahlin?

Amtmann. Gott sei Dank! Recht wohl. — Wen treffe ich bei Ihnen diesen Mittag — Vermuthlich unsern Herrn Pastor —

Oberförster. Ja.

Amtmann. Ein grundbraver Mann — er predigt die lautere Moral.

Oberförster. Und was er uns predigt, thut er.

Amtmann. Wenn er nur nicht die Grille hätte, sich um das Hauswesen der Leute im Ort zu bekümmern.

Oberförster. Warum nicht?

Amtmann. Es zerstreut ihn zuviel von seinen eigentlichen Berufsgeschäften.

Oberförster. Den Menschen helfen, das hält er für seinen Beruf.

Amtmann. Helfen? (Er lächelt.)

Oberförster. Und muß es denn immer Geld sein, was hilft? Ich habe es all mein Tage gesehn, mit Geld ist oft den Leuten am wenigsten gedient. Das Herz auf dem rechten Fleck, Vertrauen — Zusprache, Geduld — ein freundliches Gesicht — Herr, damit kann man viel Elend geringer machen. Nun will ich gehen, und Ihnen mein Riekchen vorstellen. (Ab.)

4*

Amtmann. Der Kerl ist mir so überlästig an dem Orte — reif wäre er zum Fallen, wenn nur erst — —

Vierzehnter Auftritt.
(Amtmann. Pastor.)

Pastor. Herr Amtmann —
Amtmann (äußerst zuvorkommend). Ah — bon jour, mein lieber Pastor —
Pastor. Weil ich Sie doch grade allein finde —
Amtmann. Was wäre —
Pastor. Ich habe Ihnen etwas zu sagen, womit ich zwar bis nach Tische warten wollte — aber wer weiß — fände der Augenblick sich so — und dann mag ich auch ungern etwas, das mich drückt, lange gegen jemand auf dem Herzen behalten.
Amtmann. Ich bin ganz Ohr, mein lieber —
Pastor. Eben erhalte ich aus dem Konsistorium den Befehl, mich zu vertheidigen — über zehn Punkte zu vertheidigen, deren Sie mich angeklagt und deßhalb auf meine Entfernung gedrungen haben.
Amtmann. Wie? — das ist ein Irrthum!
Pastor. Das ist Ihre Unterschrift.
Amtmann. Lieber Pastor — ich — es ist —
Pastor (sanft). Habe ich Sie jemals beleidigt?
Amtmann. Nein — o nein — ich — die Sorge für — ich dachte —
Pastor. Ich kann mich vertheidigen, und werde Ihnen meine Antwort zuschicken. Um mich ganz wehrlos gegen Sie zu machen — da ist ein Billet an mich von Ihrer Gemahlin, worin sie mir 100 Rthlr. anbietet, wenn ich, im Namen der Religion, die Heirath des jungen Försters mit Friedriken hindern wollte. — Geben Sie es ihr zurück.
Amtmann. Die gute Frau — Mißdeuten Sie das nicht — es ist Bigotterie —
Pastor. Was es sei — es ist wieder in Ihren Händen.
Amtmann. Sei'n Sie versichert, ich schätze Sie — und wenn — eine gewisse Mißstimmung über Grundsätze, wobei die Person nicht in Anschlag kommt, abgerechnet ist, so —
Pastor. Das Gespräch kann Ihnen nicht angenehm sein. — Lassen Sie uns abbrechen. Nur — Sie sehen, ich handle offen und ehrlich; vergelten Sie mir das nicht mit Bösem! Ich bin ein armer Mann, mit nothdürftigem Auskommen, gehe jedem gerne aus dem Wege und trachte nach nichts als Ruhe. Lassen Sie mich in Frieden leben — sonst versündigen Sie sich.

Fünfzehnter Auftritt.
(Vorige. Oberförsterin. Oberförster und Friedrike.)

Oberförstn. Wenn es nun gefällig wäre — angerichtet ist schon.

Amtmann. Sogleich.
Oberförster (mit Friedriken). Herr Amtmann, das ist unsere Nichte Friedrike.
Amtmann. Ein recht artiges Kind.
Oberförster. Kommen Sie — am Tisch finden Sie noch unsern Schulzen. — Es kann Ihnen nicht unangenehm sein, mit dem ehrlichen Mann ein Stündchen zuzubringen.
Amtmann. Ein recht braver Mann, der Schulz! Ei, Sie haben es wohl darauf angelegt, uns ein Festin zu geben?
Oberförster. Guten Willen — fröhliche Gesichter — bezahlte Gerichte, und im ganzen Hause nichts, das irgend einem Menschen Thränen gekostet hätte.
(Der Amtmann führt die Oberförsterin, der Pastor Friedriken, der Oberförster geht hinten nach.)

Vierter Akt.

(Ein anderes Zimmer bei dem Oberförster. Die Gesellschaft ist noch am Tisch, der Bursche trägt die letzten Teller vom Dessert auf. Oben an der Ecke des Tisches sitzt der Amtmann, neben ihm der Pastor, dann Friedrike, Oberförster, Kordelchen, Schulz und Oberförsterin, unten an der Ecke, dem Amtmann gegenüber, ein Couvert für Anton.)

Erster Auftritt.

Oberförster. Nun — uns wohl! Niemand übel!

Oberförstn. (zum Burschen, der eben einen Teller mit Aepfeln etwas zu hoch an ihrem Kopfe vorbei aufträgt.) Gemach, guter Freund — gemach! Wie oft soll man euch das noch sagen? Nun, gafft mich nicht an! Weiter, wie ich gesagt habe — ihr wißt schon. Was ist das? — Warum bringt ihr denn die Aepfel schon? Die sollten ja hernach erst kommen und dorthin gestellt werden. (Im Hinausgehen.) Das ist ein Kreuz und ein Elend mit den Leuten!
(Geht ab.)

Amtmann. Wir verursachen der Frau Oberförsterin gar zu viel Mühe —

Pastor. Gewiß nicht. Sie hat ihre Freude daran, pünktlich und für ihre Gäste besorgt zu sein.

Oberförster (lächelnd). Wenn nur nicht etwa eine Birn anders liegt, als sie sie gelegt hat; denn sonst kriegen wir sie mit sammt den Birnen vor einer Stunde nicht wieder zu sehen.

Schulze. Ein herrliches schönes Obst hat es gegeben vorigen Herbst! Auf dem Amthofe haben Sie auch viel Obst gehabt — nicht wahr, Mamsell?

Kordelchen (ohne ihn zu bemerken). Papa, schicken Sie mir Ihre Dose, ich habe meine vergessen.
(Er nimmt sie dem Amtmann ab, und übergiebt sie Kordelchen.)

Oberförstn. (mit den Birnen). Dummes, einfältiges Zeug! Ja wenn man nicht die Augen überall selbst hat, so — —

Oberförster. Nun was giebts?
Oberförstn. (ihm halb laut in's Ohr). Da komme ich herunter, so hat der große Kerl die schöne Torte in den Sand geworfen —
Oberförster. Sonst nichts?
Oberförstn. Nun, ich denke doch —
Oberförster. So setz' dich und laß es gut sein.
Oberförstn. Der Herr Amtmann und Mamsell werden doch ja nicht ungehalten — Auf den leeren Platz hier — hat meine Torte kommen sollen — aber — aber —
Oberförster. Die Torte ist verunglückt.
Oberförstn. Verunglückt! (Empfindlich.) Aber, liebes Kind! durch mich nicht; denn fertig war sie. Aber —
Oberförster (zur Gesellschaft). Der Kerl hat sie die Treppe herunter fallen lassen. So — nun ist dein Gewissen befreit.
Oberförstn. Sie könnten etwa denken, daß —
Oberförster. Du nicht die beste Köchin im Lande wärest — Ja, das wäre freilich ein Unglück!
Oberförstn. Der Herr Amtmann essen auch gar nicht —
Amtmann. O ich habe mit großem Appetit gegessen.
Kordelchen. Es ist alles recht deliziös.
Amtmann. Scharmant, wahrhaftig.
Kordelchen. Frau Oberförsterin haben sehr guten Geschmack, eine Tafel zu arrangieren.
Oberförstn. Ich bitte —
Amtmann. So ein herrlicher Tisch und die angenehme Gesellschaft —
Oberförstn. Mein werther Herr Amtmann — essen Sie doch noch etwas Kuchen — ich bitte!
Amtmann. Bin nicht im Stande.
Oberförstn. Ei, nur etwas noch — ich bitte recht sehr.
Amtmann. Ganz unmöglich, liebe Frau —
Oberförstn. (steht auf und hebt den Teller nach ihm hin). Nur die Hälfte — ich bitte.
Amtmann. Alles dergleichen ist mir zu schwer.
Oberförstn. Zu schwer? Erlauben Sie mir, hochgeehrtester Herr Amtmann, der Kuchen ist sehr gut aufgegangen — dafür stehe ich. — Ohne mich zu rühmen, aber gut ist er, besonders gut — und leicht: — sehen Sie, man könnte ihn wegblasen — er schmilzt auf der Zunge. Nun ich bitte —
Oberförster. Ei, so nöthige du und —
Oberförstn. Nun, ich sage kein Wort mehr. (Setzt sich.)
Oberförster. Essen Sie sich doch ihrer Kochkunst zu Ehren ein Fieber.
Amtmann. Ha ha ha.
Kordelchen. Ha ha ha.
Schulze. Gutes weißes Mehl

haben die Frau Oberförsterin, das muß wahr sein!

Amtmann (sieht über die Tafel hin).

Oberförstn. Befehlen der Herr Amtmann —

Amtmann (etwas nieder, die Hände über die Augen). Ist das Glace, was —

Oberförstn. Glas? — Glasscherben? Glas im Essen? Ei um Gottes willen! Einen andern Teller.

Amtmann (langsam). Nicht doch!

Oberförstn. Peter! He, Peter! einen andern Teller. (Peter kommt). Einen andern Teller für den Herrn Amtmann. (Peter giebt ihn).

Kordelchen (lacht). Sie mißver — —

Oberförster. Tausend Element! da ist nichts zu lachen! Von Glasscherben kann man des Todes sein auf der Stelle.

Amtmann. Nein, ich frage: ob das dort vor dem Schulzen Glace ist?

Schulze (hält das Glas gegen das Licht und klopft mit dem Messer daran). Meines ist ganz.

Amtmann. Ob das Gefrornes ist, was dort vor Ihm steht?

Schulze. Zu bienen unterthänig, das ist Käse.

Amtmann. So — Käse —

Schulze. Ist gefällig? (Steht auf und will präsentiren.)

Amtmann. Nein. Stell' Er nur wieder hin. Setze Er sich, Schulze, Käse esse ich nicht.

Kordelchen. Ich kann ihn gar nicht leiden, ich bitte, schicken Sie ihn fort.

Oberförstn. Peter, nehmt weg.

Oberförster. Nun, munter, Riekchen! munter! Du bist ja ganz stumm —

Friedrike. Nicht doch, lieber Vater — ich bin recht munter.

Oberförster. Nun ja, das sieht man.

Oberförstn. Er wird schon wiederkommen.

Friedrike. Wo er nur sein mag!

Oberförster. Wer? — Anton?

Friedrike. Ja.

Kordelchen. Apropos — darauf wäre ich denn doch auch neugierig.

Oberförster. Hm — wo wird er sein —

Pastor. Sie wissen es also?

Oberförster. Ich weiß es nicht, aber das läßt sich rathen.

Kordelchen. Nun?

Oberförster. Vormittags ist ihm etwas im Kopfe herumgegangen, darüber lief er fort — und nun — wird er seinen Zorn an einem Stück Wildpret auslassen.

Oberförstn. Ja ja.

Oberförster. Mag austoben. Ich will ihn schon wieder zurecht bringen, wenn er nach Hause kommt. — Nun, Riekchen — ohne Sorgen. Es war so böse nicht gemeint. Wunderliches Ding! Ich bringe dir es zu auf seine Gesundheit.

Schulze. Ja, das trinke ich mit. Er soll leben, und so brav und so alt werden, wie sein guter Vater!

Pastor. Das soll er!

Amtmann. Dieses Prognostikon stelle ich ihm gleichfalls.

Oberförster. Daß er gut werde, so erleben wir Freude!

Friedrike (steht rasch auf und geht hinaus).

Korbelchen. Was fehlt der Jungfer?

Oberförster. Hm — lassen Sie sie nur — Sie ist ein braves Mädchen, aber gewaltig weich.

Korbelchen (hämisch). Gewaltig! Ja, so scheint es.

Oberförster. Gleich kommen ihr die Thränen in die Augen, wenn —

Schulze. Sie mag wohl auch eben keinen Haß auf ihn haben, auf Monsieur Anton — —

(Pause. Alle bezeichnen ihre Verlegenheit, jeder nach seinem Interesse.)

— Ich denke, die beiden sehen sich recht gern.

Korbelchen. Wenn's gefällig wäre — (Sie steht auf. Nach ihr alle andern.)

Zweiter Auftritt.

(Vorige. Rudolph.)

Rudolph (eilfertig). Herr Oberförster —

Oberförster. Mit Erlaubniß — (Er geht in den Hintergrund, spricht dort leise mit Rudolph. Der Amtmann desgleichen, aber vorn, mit dem Pastor.)

Korbelchen. Ich werde nun auch wohl bald nach Hause müssen. Meine Mutter ist doch nicht ganz wohl —

Oberförstn. Bedaure von Herzen, daß wir von der Ehre —

Korbelchen. Nun, Mama! — Ich glaubte, Sie würden mir Antwort sagen? Wie ist es denn?

Oberförstn. Gleich werden wir zum Kaffee gehen, dann —

Oberförster (wieder vorkommend, halb laut, mit einiger Bedenklichkeit). Hm — er wird schon kommen!

Rudolph. Herr Oberförster, mir ist nicht gut dabei.

Oberförster. Ihr seid nicht klug.

Rudolph. So viel ist sicher, wenn es wahr ist, daß er nach Graurode zu ist — so traue ich nicht.

Oberförstn. Was ist von Anton? Wo ist er?

(Unterdeß spricht Korbelchen heftig mit dem Amtmann, der Pastor gesellt sich zu dem Oberförster, Rudolph, Schulz und der Oberförsterin.)

Oberförster. Ich habe Rudolphen nach der fahlen Eiche geschickt; ich dachte, Anton wäre dort — er ist es aber nicht.

Pastor. Nun — das hat ja nichts auf sich.

Oberförstn. Der Junge wird doch nicht etwa in's Unglück —

Oberförster. Ist das nicht ein Geschwätz!

Rudolph. Der Schäfer von Leuthal meinte, er hätte ihn hastig nach Graurode zu gehen sehen.

Oberförster. Nun richtig. Er wird sich verspätet, und dort zu Mittage gegessen haben. — Und jetzt eßt ihr — es ist schon drei Uhr — ich kann die Unordnung nicht leiden.

Rudolph (im Gehen). Ich traue nicht, und traue nicht. (Geht ab.)

Dritter Auftritt.

(Vorige ohne Rudolph.)

Oberförster. Es ist ja eine Schande, einem dreiundzwanzigjährigen Kerl so nachzulaufen. — Besorge den Kaffee.

Oberförstn. Ach Gott! Ich bin wahrhaftig recht ängstlich.

Oberförster. Nun ja — wie gewöhnlich. Jetzt Lied am Ende! Mach' Kaffee.

Oberförstn. (mit einem Seufzer oder bekümmerten Tone). Trinkst du auch?

Oberförster (schüttelt den Kopf). Wir trinken hernach noch ein Glas Wein — wie ist's, Herr Schulze?

Schulze. Je nun — gut ist er, und er schmeckt mir heute.

Oberförstn. (das Gespräch des Amtmanns mit Kordelchen unterbrechend, mit tiefem Knix). Ein Schälchen Kaffee gefällig, Herr Amtmann und Mamsell?

Amtmann. Ich bitte darum.

Kordelchen. Ich auch — ich trinke ihn stark.

Oberförstn. Sie befehlen — Herr Pastor?

Pastor (bejaht es).

Oberförstn. Befehlen Sie oben oder unten zu trinken?

Oberförster. Wir kommen herunter, laß nur die Zeremonien weg.

Oberförstn. (mit tiefer Verbeugung). Wenn's der Herr Amtmann nicht ungütig nehmen, so will ich jetzt —

Oberförster. Hinausgehen.

Oberförstn. (mitten im Knix auffahrend). So wollt' ich doch auch, daß — (Geht ab.)

Kordelchen. Herr Pastor, begleiten Sie mich.

Pastor. Wenn Sie befehlen —

Kordelchen. Er wird sich nun wohl nach Hause machen, Schulze? Also Adieu!

(Geht ab mit dem Pastor.)

Oberförster. Er wird so gut sein, unten zu warten, Herr Schulze; wir sprechen hernach einander noch.

Schulze. Ganz wohl, ganz wohl.

(Geht ab.)

Vierter Auftritt.

(Amtmann. Oberförster.)

Oberförster. Nun, Herr Amtmann, jetzt sind wir allein. Sie wollten mir ja nach Tisch etwas anvertrauen —

Amtmann. Das wollte ich. Allein dem Anschein nach ist meine gute Meinung überflüssig. — Die Frau Oberförsterin hat eine gewisse Idee gehabt, und nach Zureden von meiner Seite hat meine Frau es sich gefallen lassen wollen, daß Ihr Anton meine Tochter heirathe.

Oberförster. Wenn Ihnen das Zureden sauer geworden ist, so thut mir es leid; denn aus der Heirath kann nichts werden, weil mein Sohn Friedriken zur Frau nehmen wird.

Amtmann. So? Also hat meine Tochter recht gesehen? Die Frau Oberförsterin dachte vermuthlich —

Oberförster. Links, und ihr Sohn rechts.

Amtmann. Hm! Was so ein junger Mensch will oder nicht, darauf kommt es nicht allemal an.

Oberförster. Aber hierbei denn doch wahrlich! Wenn er heirathen soll, so muß er beim Blitz doch dabei sein!

Amtmann. Wenn die Väter über die Zahl einig sind, welche den drei Nullen vorgesetzt werden soll, so giebt sich das Uebrige von selbst. Ich hätte ihm gewiß in Ansehung seines Dienstes ansehnliche Verbesserung verschafft, und —

Oberförster. Wenn Sie meinen Sohn glücklich machen können, so werden Sie es, auch wenn er Ihre Tochter nicht heirathet.

Amtmann. Ja, o ja. — Nur —

Oberförster. Dem Geschickten steht der Ungeschicktere nach. Das versteht sich. Zu leben hat mein Sohn. Um Reichthum habe ich Gott noch nie gebeten. — Indeß — (Er nimmt ein Glas.) Gutes Wohlsein! (Trinkt.)

Amtmann (kalt). Höflichen Dank.

Oberförster. Apropos — Bei den Diäten haben Sie mir 50 Thaler zu viel geschickt. Ihr Schreiber hat sie zurück bekommen.

Amtmann (mit viel Aufhebens). Das muß ein Irrthum von dem Menschen gewesen sein, denn ich —

Oberförster. Freilich ein Irrthum. Das sagte ich gleich —

Amtmann. Daß Sie nicht denken, als —

Oberförster. Ich schickte es fort, ehe ich darüber dachte.

Amtmann. Die Gedanken sind oft mancherlei — man lästert mich immer — Sie könnten glauben — als ob ich Sie — als ob ich den Weg der Erkaufung —

Oberförster. Bewahre! Etwas kaufen zu wollen, das keinen Preis hat, dazu sind Sie zu vernünftig, und zu sparsam, um 50 Thaler wegzuwerfen.

Amtmann. O ich habe so viele Feinde, nicht Einen Freund, der es redlich mit mir meinte —

Oberförster. Das ist Ihre eigne Schuld. Das macht — Nun ein Glas! Es ist ein reiner Wein, ein guter Wein, macht fröhlich und öffnet das Herz. Mir ist so zu Sinne. — Ist Ihnen auch so — so sprechen wir jetzt wohl ein Wort mehr als sonst!

Amtmann. Ja — wie so?

Oberförster. Sehen Sie — was wir einer von dem andern halten, wissen wir. Aber weß das Herz voll ist — Sie kennen das Sprichwort — nun, und ein Glas Wein löset die Zunge. Allein sind wir jetzt — sagen Sie, was Sie gegen mich auf dem Herzen haben; ich will's auch so machen. Wer weiß, kommen wir nicht näher zusammen! Die Geschäfte gehen denn doch besser, wenn wir einig sind, und das sind wir dem Fürsten und den Unterthanen schuldig.

Amtmann. Lieber Mann! Einigkeit ist ja mein täglicher Wunsch. Ich biete hiermit die erste Hand zur Freundschaft.

Oberförster. Wollen Sie, wie ich will? — Hand in Hand! — alte deutsche Treue!

Amtmann. (schlägt ein). Und reciprokes Verständniß, amikable Behandlung.

Oberförster. Alles, was ich Ehrliches vermag, ohne ausländische Worte voraus!

Amtmann. Kann ich mich Ihnen anvertrauen?

Oberförster. Das kann Jedermann.

Amtmann. Können Sie von Grillen abgehen?

Oberförster. Die Hand darauf; wenn Sie mir eine Grille beweisen, so kassiere ich sie.

Amtmann. Scharmant. Sie sollen einen dankbaren Mann an mir finden.

Oberförster. Herr Amtmann — wenn es möglich wäre — wenn ich Sie so in manchen Stücken ändern könnte — Nun — trinken wir noch ein Glas! Nehmen Sie — stoßen Sie an — (Sie stoßen an.) Auf eine gute Stunde für uns Beide! (Sie trinken.) Auf eine gesegnete Stunde! (Er schlägt ihn auf die Schulter.)

Amtmann. Will's Gott!

Oberförster. Der Wein erfreut des Menschen Herz!

Amtmann. Nun ja!

Oberförster. Der Wein schafft gute Menschen. Offne, treuherzige Menschen. Nun gehen Sie vom Platze und reden Sie zum Besten. Ich höre, und will alles was gut ist. Nun reden Sie!

Amtmann. Guter Mann —

Oberförster. Halten Sie mich dafür?

Amtmann. O, ich ästimiere Sie so —

Oberförster. Nur weiter.

Amtmann. Sehen Sie, Luxus — Bedürfnisse aller Art sind gestiegen

Oberförster. Ich steige nicht mit.

Amtmann. Sie sind — gleichsam ein Landmann —

Oberförster. Sie sollten das auch sein.

Amtmann. Ich bin eine obrigkeitliche Person; ich muß doch Figur machen.

Oberförster. Wenn jedermann Vertrauen und Liebe zu Ihnen hat, so machen Sie in Gottes Namen die wahre Figur.

Amtmann. Man hat Kinder, denen man etwas nachlassen will —

Oberförster. Etwas. Zu viel ist ungesund.

Amtmann. Bis man zu einem einträglichen Posten gelangt, kostet es Aufwand von aller Art.

Oberförster. Das verstehe ich nicht.

Amtmann. Das muß wieder herausgebracht werden. Mit den Herren in der Stadt ist das eine eigne

Sache; wer nicht helfen kann, kann schaden. Darum muß solchen Herren alles zu Gebote stehen. Spielpartie — Bälle — Logis auf viele Wochen für Herren, Bediente, Jäger, Postzug und Hunde. Woher nehmen? Da kann die Besoldung nicht zulangen.

Oberförster. Das ist begreiflich.

Amtmann. Genuß der Welt ist nur für die feinern Geschöpfe. Ob —

Oberförster. Herr Amtmann, der ehrlichste Mann ist der feinste Mann!

Amtmann. Freilich, freilich! — Aber wer nichts bedarf, als Essen und Schlaf, dem kann nichts daran liegen, ob er etwas mehr oder weniger trägt, und so wird dann denen geholfen, die eigentlich Mangel oder Genuß fühlen.

Oberförster. Was heißt das? Wer sind die, welche nichts bedürfen als Essen und Schlaf?

Amtmann. Die Bauern.

Oberförster. Verderben Sie mir den Wein nicht.

Amtmann. Im Gegentheil, lieber Freund. — Nun noch ein Glas — (Er bringt ihm ein Glas auf und nimmt selbst eins.) Allons!

Oberförster. Ja — die Bauern! Sie sollen leben!

Amtmann. Natürlich!

Oberförster. Mit Freuden essen und ruhig schlafen! (Er trinkt.)

Amtmann. Wir wollen aber auch leben! (Er trinkt.)

Oberförster. Nach Verdienst!

Amtmann. Nach Verdienst, recht so! — Ja, ja — Verdienst, Verdienst! das ist das wahre Wort. Wenn Sie nur auf dem Punkt die Grillen ablegen wollten!

Oberförster. Ein Mann ein Wort, Grillen kassiere ich.

Amtmann. Nun — auf Kassierung der Grillen!

Oberförster. Ich trinke nicht mehr. Nun?

Amtmann. Sehen Sie, wenn Sie zur rechten Zeit weniger skrupulös sein wollten, so könnten es die Bauern erst recht gut haben.

Oberförster. Wahrhaftig? Da bin ich. Ich will mich fügen. Sagen Sie, was kann ich thun, daß den Leuten die Last leichter wird? Was kann ich ändern? — Ich will alles — reden Sie.

Amtmann. Nun — das ist ja ein köstlicher Augenblick. Sehen Sie, wenn Sie mich in meinem Verfahren durch Widersprüche nicht so schikaniren — nun — nur einen Augenblick Geduld — so kann ich manchmal den armen Teufeln durch die Finger sehen. Damit ich nun nichts verliere, indem ich den Menschen nachsehe — was wäre da zu thun? he?

Oberförster. Das will ich hören.

Amtmann. Ja, das giebt sich von selbst, und hätte sich längst geben können. Sehen Sie, ein Baum — ich will sagen so ein sogenannter Holländer=Baum — Sie verstehen mich —

Oberförster. Ein Baum, den die Holländer zu Schiffbauholz kaufen —

Amtmann. Ganz recht.
Oberförster. Nun?
Amtmann. Nun, lieber alter Jäger vor dem Herrn, so ein Baum mit seinen Aesten, Zweigen und Wurzeln ist doch kein lebendiger Mensch?
Oberförster. Freilich nicht.
Amtmann. Wenn er umgehauen ist, liegt er da und hat nichts empfunden. Wenn er verkauft ist, Schuh für Schuh — macht es ein artig Sümmchen. Wenn aber mehrere der hochstämmigen Narren umgehauen und verkauft sind, macht es eine reputierliche Summe aus. Ha ha ha! (Er greift dem Oberförster kitzelnd in die Seiten.) Nicht wahr?
Oberförster. (Kalt.) Ich bin nicht kitzlich. Weiter.
Amtmann. Nun — so eine Summe nun, für alte Bäume, angelegt, wohl verwaltet, die kann alte ehrliche Diener warm halten, die lieben Kinder gegen alle Ereignisse decken, und so, bester redlicher Freund, kann man es der Menschheit leichter machen, wenn man die Axt ein bißchen mehr und öfter an der Wurzel spielen läßt. Verstanden?
Oberförster. Nicht ganz.
Amtmann. Von jedem Gewinn die Hälfte Ihre! Dagegen bekomme ich erforderlichen Falls Ihr Zeugniß, wie ich es jedesmal vorschreibe.
Oberförster. Daß dich alle Wetter! Den Teufel auf Ihren Kopf sollen Sie bekommen! Was unterstehen Sie sich? Mir das zu sagen — in meinem Hause? Mir?
Amtmann. Nun, Herr Oberförster?
Oberförster. Tausend Sapperment! In Ihrer Amtsstube, wo die heilige Gerechtigkeit blinde Kuh spielt, mögen Sie Ihren Bauern so rechts zu links machen: aber wenn Sie einen alten treuen Diener des Fürsten zum Schurken machen wollen, so soll Ihnen — Herr! wenn Gastrecht nicht wäre, so lägen Sie jetzt Hals über Kopf auf der Treppe.
Amtmann. Was ist das?
Oberförster. Rudolph — he, Rudolph!
Amtmann. Der Wein ist Ihnen in den Kopf gestiegen. Sie sind auf meine Ehre betrunken.
Oberförster. Ihr seid ein armer Schelm, daß Ihr dahin flüchtet! Ein bißchen rascher geht es wohl nach einem Glase Wein, aber auf der geraden Linie stehe und gehe ich fest! Trotz geboten sei Ihm auf sein Lebtage, daß ich Ihm nie auf krummen Wegen begegnen werde! Nennt mich bei euren Monatsgästen einen groben Mann — das wird jeder glauben, sobald er hört, daß ich mit euch gesprochen habe. Nennt mich einen Trunkenbold, oder einen Schurken, so giebt es Leute, die euch das Nein handgreiflich beantworten werden.
Amtmann. Ich habe gesagt was ich wolle, so waren wir ohne Zeugen.
Oberförster. Ich werde es nie vorrücken — (Ergrimmt) denn ich

schäme mich, daß mir so etwas hat gesagt werden können.

Amtmann. Diese Grobheit kann ich vergelten.

Oberförster. Pah! Armer Vergelter — Rudolph!

Rudolph. Herr Oberförster!

Oberförster. Der Schulze soll kommen. (Rudolph geht.)

Amtmann. Mich erst treuherzig zu machen, und hernach —

Oberförster. Treuherzig? Wer kann das?

Amtmann. Schon gut. Aber — (Will gehen.)

Oberförster. Halt!

Amtmann. Kein Wort mehr. (Geht.)

Oberförster. Für mich keine Silbe. Wir haben von Dienstsachen zu reden. Sie wollen für tausend Thaler Holz aus dem Gemeindewald hauen lassen?

Amtmann. Ja.

Oberförster. Das kann nicht sein, und soll nicht sein.

Amtmann. Die Gemeinde hat Schulden, es muß sein.

Fünfter Auftritt.

(Vorige. Schulze.)

Oberförster. Schulden?

Amtmann. Ja, und ansehnliche Schulden!

Oberförster. Wie sind die Schulden gemacht? Wer hat sie gemacht? Das ist ein Artikel, wobei uns die Haare zu Berge stehen.

Amtmann. Herr! wem soll das gelten?

Oberförster. Den es trifft!

Amtmann. Ich werde mich beschweren und man wird Ihr unnützes Geschrei verbieten.

Oberförster. Wer mir verbietet die Wahrheit zu sagen, hat Theil am Raube!

Schulze. Sie sprechen von dem Holze? Nehmen mir der Herr Amtmann nicht zur Ungnade — es geht wahrhaftig nicht an.

Amtmann. Wird Er gefragt?

Schulze. Leider Gottes! nein. Aber es geht gegen mein Gewissen, und dießmal, Herr Amtmann, schweige ich nicht, und wenn der Kopf drauf stände! Schulden bezahlen? verantworte es vor Gott, wer sie gemacht hat! Aber daß wir die nämliche Schuld zum zweiten Male bezahlen sollen, das ist denn doch wahrhaftig zu toll!

Oberförster. Und kurz und gut, ich leide es nicht. Der Wald ist ja so ausgehauen, daß es eine Schande ist. Die nach uns kommen, brauchen auch Holz.

Schulze. Wenn der Herr Oberförster nicht die schöne Baumpflanzung gemacht hätte, unsre Kindeskinder müßten uns ja verfluchen!

Amtmann. Ha ha ha! Mit den sechs Bäumen — mit der miserablen Baumpflanzung!

Oberförster. Sechs Bäume? Miserable Baumpflanzung? Das ärgert mich nicht, darüber lache ich. Sie sind nun zwanzig Jahre hier Amtmann, eben so lange bin ich

Oberförster — Sie sagen: ich habe nichts gethan, als Zweige in die Erde gesteckt — hingegen haben Sie viel Prozesse und große mächtige Dinge vorgenommen — Sie haben ganze Berge geschrieben und schreiben lassen. — Indeß sind meine Zweige Stämme geworden. Nun sehn Sie — wenn Sie auch gleich Ihre ganze Amtsregistratur an den Ort fahren lassen, wo mein Wald steht; so liefere ich Ihnen — darauf haben Sie mein Wort — für jede Rechtsverdrehung, für jedes umgestoßene Testament, jede geplünderte Stiftung, oder für jedes bezahlte Urthel, liefre ich Ihnen zehn gute, gerade gesunde Stämme. Nun wissen Sie wohl selbst, daß ich dazu vielmal zehn Stämme brauchte: also ist es keine miserable Baumpflanzung!

Amtmann. Ich sehe wohl, es scheint eine abgeredete Karte, mich hierher zu bitten, um mir die schändlichsten Grobheiten zu sagen.

Oberförster. Schlechte Zumuthung verdient Wahrheit ohne Mantel.

Amtmann. Ganz gut. Aber den Tag werd' ich Ihm gedenken. (Geht ab.)

Oberförster. Nur wie bisher.

Sechster Auftritt.
(Vorige ohne Amtmann.)

Schulze. Ei, lieber Herr Oberförster, denken Sie an Ihr Alter und Ihre Gesundheit! Sie haben sich da ereifert —

Oberförster. Anfangs wohl — Zuletzt habe ich ihm die Wahrheit gesagt, und darauf ist es mir recht wohl. Hat mir doch der Mensch Sachen gesagt — ich schäme mich, sie wieder zu erzählen. Aber wenn ich daran denke — mein Anton die Hexe heirathen? — Wo das Weib nur den Kopf gehabt haben mag! Aber mit dem Gemeindewald soll es ihm nicht durchgehen, und bezahlte er die Leute so blind, daß sie den Wald nicht sähen. Heute Abend noch mache ich meinen Bericht; und wenn er mir den ad Acta legt — sieht Er, Schulze, so wahr ich Gottfried Warberger heiße, so sollen seine Knochen auch ad Acta gelegt werden!

Siebenter Auftritt.
(Vorige. Pastor.)

Oberförster. Nun? Wer hatte denn Recht? Sagte ich es nicht meiner Frau, es thäte nicht gut mit dem Amtmann und mir?

Pastor. Sie haben also wohl auch eine unangenehme Unterredung mit ihm gehabt?

Oberförster. Je nun — angenehm mag sie ihm nicht gewesen sein — Wenn ich still bin, wie der dumme Jürge, so nennt er mich cher ami; sage ich Wahrheit, so bin ich ein Jagdbauer. Daß er mich jetzt zu Hause so nennt, dafür stehe ich. — Was hat denn unten meine Alte mit dem Erbfräulein angefangen?

Pastor. Mamsell Zeck mochte längst das Verständniß der jungen Leute bemerkt haben, ohne deswegen auf eine Heirath zu fallen. Die Nachricht davon wirkte übel auf sie. Die gute Frau Oberförsterin, die nun niemanden etwas Unangenehmes sagen kann, war dabei sehr in Verlegenheit, und wollte immer überall gut machen.

Oberförster. Hm, als wenn ich sie sähe. — Und Friederike? —

Pastor. Ist auf ihrem Zimmer. Den Amtmann habe ich zwar nicht gesprochen, er ließ seine Tochter unten abrufen; aber aus der Art, wie er sie über den Hof mit sich fortriß, vermuthe ich, was hier vorgegangen ist.

Schulze. — Nehmen Sie mir es nicht! für ungut — ich meine, nun müßte es doch wegen des Herrn Amtmanns mit uns bald ein andres Ansehn gewinnen.

Pastor. Wie so?

Schulze. Ei — es müßte besser mit uns werden. Die Herren in der Stadt — sagt mein Sohn — der gestudierte — schreiben frisch darauf los für die Landwirthschaft.

Pastor. Neue, gute Grundsätze gewinnen nicht so schnell die Oberhand. Das Vorurtheil drückt den Keim des Guten wieder unter den Boden. Indeß hat Er mir selbst gesagt, das Gutachten dieser Herren habe Seine Aecker um die Hälfte verbessert.

Schulze. Ja, das ist wahr.

Oberförster. Wahr! — Gott segne unsern Fürsten! — Wahr. Aber Herr Pastor — so ein Thier mit langen Klauen, wie den Amtmann sollte man einsperren. Der Fürst und wir wären wirklich um ein Großes gebessert! Und — die Summe zu gewinnen — bedarf es keiner Preisfrage. — Ein zerrissenes Patent und eine feste Thür. Die Wache geben die Unterthanen gratis.

Achter Auftritt.

(Vorige. Oberförsterin.)

Oberförstn. Nun — so wollte ich auch, daß die Hochzeit schon vorbei wäre! Unten — habe ich meine liebe Noth mit Mamsell Kordeln gehabt. Kaum ist das vorbei, so komme ich oben hinauf zu Riekchen — die steht am Fenster, und hat sich ein Paar Augen geweint, feuerroth! Warum? „Ich weiß nicht." Fehlt dir was, hat dir jemand etwas zu Leide gethan? — „Nein, aber ich weiß mich nicht zu lassen vor Angst." — Und nun wird in der andern Woche die Hochzeit sein, darauf muß ich noch dieß besorgen und das besorgen — ich weiß nicht, wo mir der Kopf steht, ich bin ganz konsternirt.

Oberförster. Laß gut sein. Wenn deine Hochzeitskuchen gelobt werden, so hast du alles Leid vergessen. Jetzt geh und hole Friederiken.

Oberförstn. Ja, ja. (Geht ab.)

Neunter Auftritt.

(Vorige. Ohne Oberförsterin.)

Oberförster. Nun ist mir erst wohl, da wir so unter uns sind. Nun wollen wir bei dem Rest da noch ein halbes Stündchen verplaudern.

Pastor. Wenn die Zeit — (Sieht nach der Uhr.)

Oberförster. Lieber Pastor — lassen Sie mir meinen Willen! Freude läßt sich nicht rufen. Wenn sie da ist — wer wird sie fortschicken!

Zehnter Auftritt.

(Vorige. Oberförsterin. Friedrike.)

Oberförster. Komm her — bleib' bei uns. Du fängst gar nicht gut an in meinem Hause — und doch sollst du länger drin bleiben als heute.

Friedrike. Sie haben Recht, ich schäme mich meines Betragens. Eine drückende Angst quält mich. Ich hätte sie verbergen mögen — aber das wäre Ihnen vielleicht noch auffallender gewesen.

Oberförster. Ist denn was vorgefallen? —

Friedrike. Ich weiß von nichts. Aber meine Angst war unbeschreiblich. — In meinem Leben habe ich so was nicht gefühlt. Jetzt bin ich ruhiger.

Oberförster. Das freut mich; denn ich möchte von Dingen mit dir sprechen, die mir angenehm sind. Nun sag' mir — hast du was dagegen, wenn du in der andern Woche Frau Förster'n heißest?

Friedrike (schnell). Mein Vater, liebe Mutter — ich — die Worte — ich kann nicht danken, aber hier, hier — (Sie zeigt auf das Herz.) Gott lasse Sie alt werden und segne Sie, und gebe Ihnen Freude an Ihren Kindern!

(Sie umarmt erst den Oberförster dann die Oberförsterin.)

Oberförster. Ja, es ist wahr — das ist das beste Weib für meinen Anton! — Gott erhalte sie! — das beste Weib.

Pastor. Das ist sie.

Schulze. Ja, wahrhaftig!

Pastor. Kind — sehen Sie in diesen lieben alten Leuten die Belohnung der Tugend. Gute Kinder und ein fröhliches Alter. —

Oberförster. Leute — Herr Pastor — Alte — lieber Schulze; ich bin so froh, so, dankbar gegen Gott — so — ach, wenn doch jetzt recht vielen Leuten so zu Muthe wäre, wie mir! Wenn er doch nun hier wäre, der Junge! ich möchte ihm um den Hals fallen und mich bedanken, daß er das Weib will!

Pastor. Sie haben Recht.

Oberförster. Ja, es ist mir oft heiß vor der Stirn geworden, wenn ich an die Zeit dachte, wo der Junge heirathen würde. Widersprochen hätte ich keiner Heirath, um die es ihm Ernst gewesen wäre.

Iffland, Die Jäger.

| n aber so eine | — ich bitte dich — trag' geduldig!
geben hätte, die | Du kaufst dir gute Tage damit.
imert, auf unsern | Sieh — als ich mein Weib nahm
ert hätte — aus | — war ich auch ein toller Kerl;
ich gezogen auf | aber das muß ich der Alten nach=
a wohl. Ach Gott, | sagen, sie hat viel Geduld gehabt
gewesen! | — doch ich habe es erkannt.
Dazu — das | Oberförstn. (bedeckt mit dem
heiten, man wird | Tuch die Augen und reicht ihm so die
iig, grämlich und | Hand).
zu gehen pflegt, | Oberförster. - Gott hat uns
 Jahren unsre | mit mancher frohen Stunde geseg=
st. — So was | net; wir rechneten das Uebel gegen
getragen werden. | das Gute auf, waren arbeitsam,
die Pflege nicht, | theilten mit, waren zufrieden, nicht
; wem sie Gott | begehrlich, lebten still und gut in
acht er jung im | unsrer Hütte fort: so kam denn ein
 wirst du uns | Jahr nach dem andern herbei. Nun
r hast du unsere | sind wir schon dreißig Jahr zu=
n, und ein kleines | sammen gegangen; aber wenn Gott
f kein Fluch und | die Alte da mir heute von der Seite
. — Leute, das | nehmen wollte, so träfe es mich so
ein gutes Bette, | hart, als wenn er sie mir am
wo ich wollte — | Brauttage genommen hätte.
en! | Oberförstn. (laut weinend).
ben! | Nun, nun — laß doch — sprich
h Gott — wie | doch nicht von so was.
mich! | Oberförster. So wollte ich,
der Bräutigam | daß es um euch Kinder auch stände!
 | Wenn wir Alten dann einmal fort
ich leben! | sollen — so will ich meine Augen
Noch Eins — | so ruhig schließen, als heute, wenn
 einmal darauf | ich schlafen gehe.
en sind: Anton | Schulze. Nun — davon sind
sche; ihr Weiber | wir, will's Gott, noch weit!
ben hinaus und | Pastor. So denke ich auch.
's nun gar leicht, | Aber warum deßwegen nicht daran
 Ungeduld ein= | denken? Wahrlich, man muß recht
werden. Tochter | gut gelebt haben, und es muß eine
 | edle Freude sein, die der Gedanke

nicht unterbricht. Deßwegen hat ja das Leben nicht mindren Werth?
Oberförster. Gewiß nicht!
Pastor. Es verdrießt mich allemal in der Seele, wenn man sich so viel Mühe giebt, das Leben und die Welt so hart und schwarz zu malen. Das ist unwahr und schädlich zugleich.
Oberförster. Ja wohl.
Pastor. Das Leben des Menschen enthält viel Glückseligkeit. Man sollte uns nur früh lehren, sie nicht glänzend, auch nicht ununterbrochen zu denken. Im Zirkel einer guten Haushaltung ist tausendfache Freude, und gut getragne Widerwärtigkeit ist auch Glück. Hausvaterwürde ist die erste und edelste, die ich kenne. Ein Menschenfreund, ein guter Bürger, ein liebevoller Gatte und Vater in der Mitte seiner Hausgenossen — wie alle auf ihn sehen — wie alle von ihm empfangen, und er, im Gedeihen des Guten, wieder von allen empfängt — O das ist ein Bild, welches ich mit frommer Rührung, mit Entzücken ehre!
Oberförster. Und in einer Landhaushaltung, meine ich, könnte das am besten so sein. Eine Landhaushaltung hat besonders viel fröhliche Tage! Aussaat, Erntefest, Weinlese. — Wenn man so ein Glas selbst gezognen Wein an einem fröhlichen Tage trinkt — o das geht über Alles!
Schulze. Nun, Herr Oberförster, zwanzig Jahre wie heute!

Alle. Zwanzig Jahre wie heute!
Oberförster. Danke — danke. Nun, Mädchen, nun sing' mir einmal das Weinlied, das du mir schicktest. — Wie hieß es doch? — Hm, hm — Am Rhein — — hm!
Friedrike. Am Rhein, am Rhein, da wachsen unsre Reben.
Oberförster. Höre — sing' uns einen Vers vor — wir singen ihn nach, und so — — wenn Sie es nämlich erlauben, Herr Pastor?
Pastor (gutmüthig). Ei, ei — seit wann dürfen die Menschen in meiner Gegenwart nicht froh sein? Weil mein Amt mich oft zum Zeugen der ernsten, betrübten Begebenheiten meiner Freunde macht, muß ich deßwegen von ihren muntern fröhlichen Stunden ausgeschlossen sein? Verbietet mir auch die Sitte, an ihrer Freude laut Theil zu nehmen„ so lehrt mich doch mein Gefühl, ihre Freude still zu ehren.
Oberförster. Nun — also — fang' an. Und du, Alte, du mußt mitsingen.
Oberförstn. Wer? Ich? Ei, ich schreie ja wie ein Rabe!
Oberförster. Du sollst mitsingen, Er auch, Herr Schulze. Nun — still! — Fang' an. Es ist doch wohl nicht zu schwer?
Friedrike. Eine simple Melodie.
Oberförster. Nun so fang' an!
Friedrike (singt).
Am Rhein, am Rhein, da wachsen
unsre Reben.
Gesegnet sei der Rhein!

5*

Schulze. Oberförster. Ober=
försterin. Friedrike.
Am Rhein, am Rhein, da wachsen
unsre Reben.
Gesegnet sei der Rhein!
Friedrike (allein).
Da wachsen sie am Ufer hin, und
geben
Uns diesen Labewein!
Alle (wiederholen).
Friedrike (allein).
So trinkt, so trinkt! und laßt uns
allewege
Uns freu'n und fröhlich sein!
Alle (wiederholen).
Friedrike (allein).
Und wüßten wir, wo jemand traurig
läge —
Wir gäben ihm den Wein!
Rudolph
(tritt hastig ein, redet leise mit dem
Oberförster).
Alle,
(doch sehen der Schulze und Friedrike
bedenklich auf den Oberförster, der er=
schrocken dasitzt).
Und wüßten wir —
Oberförster (geht hinaus).
Wo jemand traurig läge —
Schulze. Was ist das?
Friedrike. Was giebt's?
Pastor. Was soll das?
(Sie stehen alle auf.)

Elfter Auftritt.
(Vorige. Die Wirthin.)

Oberförster (der sie führt).
Nur zu Athem, Frau!
Wirthin. Ach — Ihr Anton!
Friedrike. Gott —
Oberförstn. Was ist mit
Anton?
Wirthin. War bei uns — ich
wollte — Ach Gott! eben bringen
sie ihn auf einem Wagen — ge=
schlossen — voll Blut — er hat
den Matthes erstochen —
Friedrike (fällt sinnlos dem
Schulzen in die Arme).
Oberförstn. Anton—ach großer
Gott! — meine Angst — ach Anton!
— das einzige Kind — Gott! er=
barme dich unser! (Geht ab.)
Pastor. Mann, Mann! um
Gottes willen, wie ist Ihnen?
Oberförster. Ich will auf's Amt.
Pastor. Ich will hin. Bleiben
Sie — Sie sind außer sich. —
Schulze, gebe Er auf ihn Achtung.
Schulze. Gehen Sie nur.
Wirthin. Ich bleibe bei der
Frau.
Oberförster. Ich kann nicht
fort — meine Beine — Gehn Sie
erst — bringen Sie bald Antwort.
Friedrike (fängt an sich zu er=
holen).
Pastor. Gott sei Ihr Trost!
— ich komme gleich wieder.
(Geht ab.)
Friedrike. Anton! — ach
Anton! — —
Schulze. Großer Gott! Das
halte ich nicht aus.
Oberförstn. O mein Kind, mein
Kind, mein einziges Kind!
(Sie wirft sich mit bedecktem Gesichte
auf den Tisch.)

Fünfter Akt.

(Zimmer aus dem vorigen Akt. Alles steht und liegt darin wie zuvor.)

Erster Auftritt.

(Oberförster. Schulze.)

Schulze. Herr Oberförster!
Oberförster (geht nachdenkend umher und seufzt).
Schulze. Lieber Mann — hören Sie mich, ich meine es gut —
Oberförster. Ist der Pastor wieder da?
Schulze. Nein! — Man muß nicht an aller Hilfe verzweifeln.
Oberförster (reicht ihm die Hand). Was macht meine Frau?
Schulze. Tragen Sie was Sie können. Wenn Sie alles verloren geben, was soll erst die Frau thun und das arme Mädchen?
Oberförster. Das ist wahr. Ich muß den Kopf in der Höhe behalten. Da hat Er ganz Recht — ich will auch alles thun, was möglich ist: aber erst muß ich den Pastor gesprochen haben.
Schulze. Er wird sich, ohne daß es sein muß, gewiß nicht aufhalten. Ach — da ist er. Nun, lieber Herr Pastor? —

Zweiter Auftritt.

(Vorige. Pastor.)

Pastor (bleibt in Verlegenheit und Traurigkeit nicht weit vom Eingange stehen). Fassen Sie Herz, lieber Freund!
Oberförster. Ich bin ein Mann —
Pastor (legt die Hand auf seine Schulter). Ein tief gebeugter Vater!
Oberförster. Also keine Hoffnung?
Pastor. Alle Beweise sind gegen ihn.
Schulze. Großer Gott!
Pastor. Weine, unglücklicher Vater, wir weinen mit dir.
Oberförster (trocknet sich die Augen). Wie ist es zugegangen? — Ich muß wissen was ich zu thun habe — erzählen Sie mir alles.
Schulze. Sollte Ihnen das nicht zu hart fallen, wenn Sie es hören?
Oberförster. Die Zeit geht hin, ich muß wissen, was ich zu thun habe.
Pastor. Anton und Matthes trafen zu Leuthal im Gasthofe zusammen. Sie geriethen heftig an einander. Anton zog, allein die Anwesenden trennten sie glücklich. „Kerl, ich treffe dich wohl anderswo!" rief Anton in voller Hitze dem Matthes nach, und verließ bald darauf nach ihm das Haus. Kurz hierauf findet man Matthes, auf dem Wege nach Graurode, blutend — ohne Zeichen des Lebens. Anton kommt dazu, erhitzt, verstört — seine Hände und Kleider voll Blut — „Der ist der Mörder!" schrieen alle Bauern, „der ist's!" Matthes, mit dem Tode ringend, hebt sein brechendes Auge auf Anton, und seufzt — „Ja, der ist's!"

Oberförster (setzt sich und starrt vor sich hin).

Pastor. „Ich habe Streit mit ihm gehabt, aber ich bin unschuldig" — sagt Anton. „Du bist der Mörder, ja, du bist's" schrieen alle. Dann führten sie ihn mit sich hierher, und den halb todten Matthes langsam ihm nach.

Oberförster. Mein Gott! —

Pastor. Alle, die im Felde und im Wirthshause zugegen waren, zeugen einstimmig gegen ihn. Nichts spricht für seine Unschuld, als er selbst.

Oberförster. Was? (Stark.) Sagt er, daß er unschuldig sei?

Pastor. Freilich — aber —

Oberförster (ergreift ihn mit beiden Händen). Haben Sie ihn gesprochen?

Pastor. Nein. Aber, wie mir der Amtsschreiber sagt, so soll er mit großer Ruhe seine Unschuld betheuern.

Oberförster (faltet die Hände). Das ist ein Wort des Trostes!

Pastor. Lieber Mann, wie gerne möchte ich es dafür nehmen! — allein —

Oberförster. Ich nehme es dafür, ich halte mich daran und stehe fest. Mein Sohn kann einen tollen Streich machen, aber eine Unwahrheit kann er nicht sagen.

Dritter Auftritt.

(Vorige. Rudolph.)

Rudolph. Herr Schulze — Er soll gleich nach Hause kommen,

Schulze (unschlüssig). Gleich!

Oberförster. Nur hin, ich gehe auf das Amt.

Pastor. Wie, Sie wollten —

Schulze. Herr Pastor, verlassen Sie die Leute nicht. Ich weiß vor Angst nicht was ich thue. (Er geht.)

Oberförster. Ich will meinen Sohn sprechen.

Pastor. Bester Mann!

Oberförster. Ich will den Amtmann sprechen.

Pastor. Wollen Sie das Schicksal Ihres Sohnes verschlimmern?

Oberförster. Ist mein Sohn ein Mörder — so empfehle ich ihn Gott — lasse das Recht walten, und werfe mich in Ihre Arme.

Pastor. Ihr Schmerz macht Sie unfähig, etwas zu unternehmen, was zur Sache taugen könnte. Lassen Sie mich hingehen, ich will —

Oberförster. Ich bin Vater! Wie meinen Sie, daß mir um's Herz ist? Rudolph, meinen Hut, meinen Hut!

Rudolph (geht ab).

Vierter Auftritt.

(Vorige. Oberförsterin.)

Oberförstn. (mit langsamem Gange, bleichem Gesicht und einem Wesen, das gewaltsam unterdrückten Schmerz bezeichnet). Nun — wo bleibst du denn? Ich habe dich ja schon zweimal bitten lassen, du möchtest herunter kommen. — Hier steht auch noch alles —

Oberförster. Laß stehen. — Wie geht dir's? Wie ist dir?
Oberförstn. Ich habe mich ausgeweint, daß ich nicht mehr kann.

Fünfter Auftritt.

(Vorige. Rudolph.)

Rudolph. Eben ist Matthes herein gebracht worden —
Oberförster. Lebt er noch?
Rudolph. Ja. Es ist ein Bote nach dem Doktor von Hochfelden geschickt. Aber — lieber Gott! die Leute glauben nicht, daß Matthes den Abend erlebt.
Oberförster. Frau — baue auf Gott. Ich gehe zu Anton —
Oberförstn. Ach — ach! — (Sie setzt sich entkräftet.) Sei nicht zornig gegen ihn.
Oberförster. Nein.
Oberförstn. Sag' ihm — sag' ihm, daß ich gewiß glaube, daß alles nicht wahr ist, und daß — ach — (Sie steht auf und fällt ihrem Manne in die Arme) drücke ihn an dein Herz, und sage ihm, daß ich meine Hände ringe und flehe, daß seine Unschuld an den Tag komme.
Pastor. Ein Wort. Bestehen Sie darauf, den Amtmann jetzt zu sprechen?
Oberförster (fest). Ja.
Pastor. Nun — in Gottes Namen, es sei!
Oberförster (ängstlich.) Ach!
Pastor. Vergönnen Sie mir, voraus zum Amtmann zu gehen. Folgen Sie mir. Es kann doch sein Gutes haben, wenn ich den Amtmann vor Ihnen spreche. (Geht ab).
Oberförster. Nein — (Will folgen.)
Oberförstn. (hält ihn auf). Laß ihn doch — er meint es ja so gut — laß ihn doch. Ich habe dir auch noch etwas zu sagen.
Oberförster. Was?
Oberförstn. Ich muß dich noch sprechen.
Oberförster (hastig). Nun?
Oberförstn. Gleich. Ach lieber Mann — ich bin krank — habe Geduld mit mir. Nun ich will sagen — du solltest vorher eines von den niederschlagenden Pulvern nehmen.
Rudolph. Ja, das wäre wohl recht gut.
Oberförster. Kinder, laßt mich fort —
Oberförstn. Nun so geh. (Sie geht ihm nach.) Ach höre — nur ein Wort noch. — Bleibe gelassen — sei sanftmüthig gegen den Amtmann — gieb ihm gute Worte. Denke doch, daß Anton in seiner Hand steht.
Oberförster. Der Amtmann steht in Gottes Hand — dort supplicire! (Geht ab).
Oberförstn. Und wenn es zum schlimmsten kommen sollte — (Sie setzt sich). Ach Anton — Anton, mein einziger Sohn! (Sie kann vor Thränen nicht reden.)
Oberförster (kommt zurück, reicht ihr die Hand und wendet das Gesicht

ab, seinen Schmerz zu verbergen). Nun, nun — — fasse dich!

Oberförstn. Sprechen muß ich ihn noch! (Sie umfaßt ihn mit der Angst der Verzweiflung.) Daß ich ihn sprechen soll, — darauf gieb mir die Hand — ich laße dich nicht eher aus meinen Armen.

Oberförster (giebt ihr die Hand). Du sollst ihn sprechen.

Oberförstn. Nun! (Sie läßt ihn aus ihren Armen.) Nun, (Sie trocknet die Augen) halte dich nicht länger auf! (Sie reicht ihm die Hand). Geh mit Gott!

Oberförster (schüttelt sie herzlich). Mit Gott! (Er geht).

Oberförstn. (folgt ihm bis an die Thür).

Rudolph. Frau Oberförsterin —

Oberförstn. Was ist's? —

Rudolph. Mamsell Friedrike hat schon dreimal nach Ihnen gefragt.

Oberförstn. Ich komme — Laßt die Sachen da wegnehmen.

Rudolph (geht).

Oberförstn. (trocknet die Augen). Ich darf nicht weinen — das bricht dem armen Mädchen das Herz. (Sie geht einige Schritte nach der Mitte zu, bleibt stehen, und hält den Kopf, den sie schwer fühlt). Lieber Gott! Er ist so gerade und schön heran gewachsen zu unsrer Ehre und Freude — er ist so jung und frisch — laß ihn stehen in deinem Garten. (Faltet die Hände.) Nimm doch mich hin — ich gehöre nicht mehr her — und scheide gern daraus. (Sie geht.)

Rudolph (ruft hinaus). Heinrich! (Er räumt ab.) Lieber Gott! da haben sie so vergnügt beisammen gesessen! Wer weiß, was nun wird!

Heinrich (tritt ein. Sie räumen weg).

In des Amtmanns Hause und auf dessen Zimmer.

Sechster Auftritt.

(Amtmann und Kordelchen treten ein.)

Amtmann. Laß mich in Ruhe, sage ich dir! Jetzt gilt es!

Kordelchen. Glauben Sie denn wirklich, daß der Förster den Matthes so zugerichtet hat?

Amtmann. Freilich. Alle Umstände ergeben das ja.

Kordelchen. Das ist doch erschrecklich.

Amtmann. Für ihn allerdings. Mich wundert es gar nicht. Solche rohe ungeschliffene Menschen, ohne Konduite, sind zu allem fähig.

Kordelchen. Was wird ihm denn nun geschehen?

Amtmann. Wie die Schrift sagt: „Wer Blut vergießt, dessen Blut wird wieder vergossen."

Kordelchen (bloß neugierig, ohne Schadenfreude). So wird er also abgethan?

Amtmann (mit Achselzucken). Das könnte ihm werden.

Kordelchen. Papa —
Amtmann. Nun? —
Kordelchen. Wenn nun aber die groben Eltern zum Kreuz kriechen —
Amtmann (mit Grimm). Müßten gänzlich herankriechen und lange liegen bleiben —
Kordelchen. Da könnten sich denn doch noch sonderbare Umstände ereignen.
Amtmann. Zum Exempel?
Kordelchen. Wenn der Förster Sie nun noch beweglich bitten ließe, daß er mich heirathen dürfe?
Amtmann (nachdenkend). Hm!
Kordelchen. Das könnte doch möglich sein.
Amtmann. O ja.
Kordelchen. In dem Falle könnten Sie ihm ja wohl durchhelfen.
Amtmann. Durchhelfen? Hm! Das heißt, so viel, daß er nicht eben enthauptet wird; aber in die Gefangenschaft müßte er doch.
Kordelchen. Er könnte ja auf dem Amte gefangen bleiben.
Amtmann. In der Prison wirst du dich doch wahrhaftig nicht verehlichen wollen?
Kordelchen. Das fände sich dann schon. Wenn Sie ihn begnadigen, und er mich heirathet, so muß aber die Person von hier fort, die Friedrike.
Amtmann. Mit der werden sie es ohnehin unter sothanen Umständen näher und etwas wohlfeil geben.
Kordelchen. Wer weiß, ob die ihn nicht zu dem Mord verleitet hat?
Amtmann. Wohl möglich.
Kordelchen. Sie ist ein naseweises Ding. Das könnte man ja wohl im Verhör herausbringen, ob die ihn angestiftet hat?
Amtmann. Was geht das mich an?
Kordelchen. Wenn man das herausbringen könnte, so müßte so ein nichtswürdiges Mädchen in's Spinnhaus.
Amtmann. Um das alberne Ding bekümmere ich mich nicht.
Kordelchen. Sie haben Unrecht, Papa. Wenn ich etwas zu sagen hätte, so müßte die vor allen Dingen ihren Theil bekommen. Sie hat ihn gewiß zu dem Streiche verführt.
Amtmann. Larifari!

Siebenter Auftritt.

(Vorige. Pastor.)

Amtmann. Wer ist da? — Ach Euer Hochwürden.
Pastor. Möchte meine Würde dießmal mir einigen Einfluß auf Ihr Herz verschaffen können, wie glücklich wäre ich!
Amtmann. Ei warum das nicht? Setzen Sie sich doch — —
Pastor (verweigert es). Ich komme nicht, Ihre Empfindungen zu bestürmen. — Das Unglück einer sehr redlichen Familie ist so groß, daß Sie gewiß davon durchdrungen sind.

Amtmann. Ja wohl. O ja.

Kordelchen. Papa wird gewiß thun, was er kann. — Papa meinte vorhin noch —

Amtmann. Sie werden nicht auf das gutherzige Ding da hören: denn die Justiz muß —

Pastor. Ich unterfange mich nicht, um etwas zu bitten, was die Gerechtigkeit nicht gestatten kann, aber —

Amtmann. Ganz recht. Sie sind ein vernünftiger Mann.

Kordelchen. Sehen Sie, Herr Pastor, wenn der junge Förster sein Herz in meine Hände hätte geben wollen —

Amtmann. Man kann der Vorsicht nicht genugsam danken, daß daraus nichts geworden ist.

Kordelchen. Wenn aber etwas daraus geworden wäre, so behaupte ich, diese schändliche Handlung würde gewiß nicht geschehen sein.

Amtmann. Ja, das ist nun vorbei und vorüber; wer wird nunmehro noch von so etwas reden?

Pastor. Ja, lassen Sie uns davon reden. Eben dieser guten Absicht wegen, da Sie ihn zum Sohne ausersehen hatten, so hoffe ich, Sie werden auch jetzt noch in Ihrem Herzen eine Stimme für ihn reden lassen, Herr Amtmann.

Amtmann. O ich liebe alle Menschen.

Kordelchen. Ich auch. Ich liebe meinen Nächsten wie mich selbst.

Pastor. Daher hoffe ich —

Kordelchen. Und wenn Sie ihn sehen, den Unglücklichen, so sagen Sie ihm nur, ich bedauerte ihn recht.

Amtmann. Das gehört ja nicht daher.

Kordelchen. Ich meine nur, daß, wenn er etwa Reue und Gewissensbisse empfinden sollte, weil er mir wegen einer schlechten Kreatur, die ich recht von Herzen verachte und verabscheue, schlecht begegnet ist, daß Sie ihm dann sagen, daß ich ihm alles vergebe.

Pastor. Das erwarte ich.

Amtmann. Ja — Groll haben wir weiter gar nicht.

Pastor. Gott Lob! Ach ich danke Ihnen dafür mit Freudenthränen.
(Drückt ihm die Hand.)

Kordelchen. Gar keinen Groll. Au contraire, wenn er noch in sich gehen sollte —

Amtmann. Wirst du schweigen?

Kordelchen. Ich bin gutherzig, und wäre immer noch geneigt —

Amtmann. Still, sag' ich. Bei so einem schweren Handel, auf Leben und Tod, da kann die Liebe nicht in Anschlag kommen. Geh deiner Wege.

Kordelchen. Wie mon cher père befehlen. Ich will auch gar von meinem Mitleiden nicht mehr reden. Nur eine Bitte gewähren mir Papa —

Amtmann. Welche?

Kordelchen. Wenn er gar nicht zu retten wäre, und daß es dahin kommen sollte — Gott verhüte es, daß er etwa sollte hingerichtet wer=

ben, daß es nur nicht hier im Orte geschehe — (Sie thut als weine sie.) Ich würde um die Erlaubniß bitten müssen, zu verreisen. (Geht ab.)

Achter Auftritt.

(Amtmann. Pastor.)

Amtmann. Nun, Herr Pastor, was sagen Sie zu meinem Kordelchen? Haben Sie das gehört? Welch ein Herz!
Pastor (mit einem Seufzer). Ach ja!
Amtmann. Das Ding hat so ein sensibles Gemüth, daß es nicht genug mit Worten zu beschreiben ist. So ein Mädchen auszuschlagen!
Pastor. Wenn das Herz schon gewählt hat —
Amtmann. Ja freilich! Aber das nehmen Sie mir nicht übel, brutale Menschen sind sie alle — die ganze Familie.
Pastor. Bedenken Sie, daß alle diese Leute nun höchst unglückliche Menschen sind.
Amtmann. Das haben Sie sehr recht bemerkt — das ist wahr.
Pastor. Und daß, indem Sie der Gerechtigkeit ihren Lauf lassen, Ihre Milde doch manches erleichtern kann.
Amtmann. Das mag alles sein! — (Lebhaft.) Nur Eins bitte ich mir von Ihnen aus. Ich weiß, wie es in solchen Fällen zu gehen pflegt. Was man erst hochmüthig von sich gestoßen hat, erflehet man nachher. Die Eltern des Delinquenten werden nun denken: wenn wir nachgeben und demüthig sind, so werden wir den Amtmann gewinnen; und der Herr Sohn wird in der Angst vor dem Schwerte nunmehr meine Tochter erflehen wollen — Das bitte ich mir von Ihnen aus, daß Sie die Leute nicht auf solche Wege führen.
Pastor. Seien Sie darum außer Sorgen.
Amtmann. Man kann nicht wissen.
Pastor. Diese geraden redlichen Leute sind unfähig —
Amtmann. Ja, wenn die Angst nicht wäre! Ei — in der Angst —
Pastor. Ich behaupte es — die Leute sind unfähig eine Niederträchtigkeit zu begehen.
Amtmann (heftig). Nun — eine Niederträchtigkeit wär' es eben nicht.
Pastor. Unter diesen Umständen allerdings.
Amtmann. Wer meine Tochter heirathen will und sein Unrecht bereut, begeht eben keine Niederträchtigkeit; das habe ich nicht gesagt. — Er — er — er sucht vielmehr in der Angst sich zu retten. So würde man es ansehen müssen.
Pastor. Würden Sie denn diese Hilfe gestatten?
Amtmann. Das sage ich nicht. (Heftig.) Wo habe ich Ihnen das gesagt?
Pastor. Im Gegentheil, Sie haben mir aufgetragen, es zu verhindern, daß die Leute nicht etwa

auf einen solchen Gedanken kommen möchten.

Amtmann. Genug — Sie können wissen, was Sie jetzt zu thun haben.

Pastor (bittend). Lieber Herr Amtmann —

Amtmann (mit dem Fuße stampfend). Machen Sie mir den Kopf nicht warm!

Pastor (in der äußersten Verlegenheit). Mein Gott — was soll ich jetzt thun?

Amtmann. Ein geschickter Negotiatör weiß das, eh' er sich in ein Geschäft einläßt —

Pastor. Ich komme ja nur als —

Amtmann. Mein Herr — ich habe keine Redensarten umzutauschen. — Wollen Sie handeln — so wissen Sie, was zu wissen ist. Wollen Sie Reden halten, so nehmen Sie Ihren Mantel um, und begeben Sie sich in's Gefängniß. So viel — jetzt ist's genug. Adieu!

Pastor. Wenn ich glauben soll, Sie verstanden zu haben —

Amtmann. Das bleibt Ihnen anheim gestellt.

Pastor. So kann ich die Sache nicht leiten, wohin Sie wollen.

Amtmann. Dabei habe ich nichts zu verlieren.

Pastor. Herr Amtmann! auch Ihre Stunde wird schlagen — Bedenken Sie das jetzt!

Amtmann (faltet die Hände). Nach Gottes heiligem Willen.

Pastor. Dieser Handel kann Ihnen in den Leiden der letzten Stunde sehr hart fallen.

Amtmann. Um jene Zeit werde ich mich nach dem gehörigen Zuspruch umsehen. Jetzt — Sie nehmen es nicht ungütig — habe ich Arbeit. Ihr Diener.

Pastor. Jene unglücklichen Leute werden durch die Festigkeit ihres Charakters und ihr Vertrauen auf Gott Ihre Achtung erzwingen. Ist es im Rathe der Vorsehung beschlossen, daß ich mich nicht über ihre Rettung soll freuen können, so werde ich nie den Muth verlieren, über ihr Unglück mit ihnen zu weinen.

(Er geht, an der Thür begegnet ihm der Oberförster).

Neunter Auftritt.

(Vorige. Oberförster).

Oberförster (ernst und mit Mannheit. Er verbeugt sich gegen den Amtmann).

Amtmann. Da ist ja der Herr Oberförster! Ihr Diener. Ja — als wir uns das letzte Mal sahen, wer hätte damals denken sollen, daß so ein horribler Exceß vorfallen könnte! Du lieber Gott!

Pastor. Mein redlicher Freund! (Er nimmt seine Hand.)

Oberförster (zum Pastor). Was macht er?

Pastor (zuckt die Achseln).

Amtmann. Lieber Gott, wenn es erst einmal so weit hin ist —

was will man in solchen Umständen von dergleichen armen Menschen erwarten? — Wehklagen — Wimmern — Angst —

Oberförster. Ja! (Er sieht den Amtmann an.) das ist eben die Frage — (Zum Pastor.) das möchte ich wissen.

Amtmann. Was?

Pastor. Was meinen Sie?

Oberförster. Ob er wehklagt und wimmert?

Amtmann. Natürlich ist zu glauben, daß bei einem so schweren begangenen Verbrechen, als das ist —

Oberförster. Der gutherzige Mörder wehklagt im Gefängniß; das gebe ich zu. Der unschuldig Angeklagte — erwartet seinen Retter, und wimmert nicht.

Amtmann. Du mein Gott, ich muß mich über Sie wundern.

Oberförster (sieht ihn an).

Pastor. Weßhalb, Herr Amtmann?

Amtmann. Ein Vater — freilich — ein Vater flattirt sich gern.

Oberförster (ernst). Das will ich wahrhaftig nicht.

Amtmann. Ist auch vernünftig. Denn — wer kann bei den vorliegenden Umständen auch an Unschuld denken?

Oberförster. Der Vater!

Amtmann. Ein Vaterherz freilich — das jammert, und —

Oberförster. Ich jammere nicht sehr.

Amtmann. Nun, das ist räsonnabel. — Aber setzen Sie sich —

Oberförster. Nicht nöthig —

Amtmann. Ach, wer wird da Umstände machen? Setzen Sie sich; Sie werden es doch auch in den Knieen spüren — das große Unglück.

Oberförster (auf das Herz deutend). Hier ist Vertrauen, und so achte ich der Mattigkeit nicht.

Amtmann. Thun Sie sich nicht Gewalt an; man leidet hernach um so peinlicher.

Oberförster. Ich will Ihnen die ganze Inquisition erleichtern.

Amtmann. Wie das?

Oberförster. Kann ich meinen Sohn sprechen?

Amtmann. Wie? Sie meinen —

Oberförster. Ob ich meinen Sohn sprechen kann?

Amtmann. Ei — das sollte ja wohl angehen — in meiner Gegenwart, versteht sich.

Oberförster. Versteht sich.

Amtmann. Aber wozu soll das helfen?

Pastor. Diese Erschütterung —

Oberförster. Ich werde dann wissen, woran ich bin.

Amtmann. Sie dürfen sonst auch nur das erste Verhör lesen, so werden Sie hinlänglich —

Oberförster. Das kann mir nichts helfen. Ich muß auf seinem Gesichte lesen.

Amtmann. Was wird daraus erhellen?

Oberförster. Leben oder Tod.

Amtmann. Dergleichen Merkmale sind trüglich —

Oberförster. Sagt er mir in's Gesicht, daß er unschuldig ist — so ist er es auch. Ist er ein Mörder — so gesteht er es mir. Er kann nicht lügen.

Amtmann. Wenn er Ihnen auch seine Unschuld betheuert —

Oberförster. Dann ist es meine Pflicht, daß ich Menschen suche, die auf mein Elend hören: dann muß ich Himmel und Erde bewegen, daß man den Beweis seiner Unschuld abwarte.

Amtmann. Ja du mein Gott — das lautet ganz gut —

Oberförster. Dann hoffe ich von meinem menschlichen Fürsten zu erlangen, daß das Abwarten befohlen werde. Gesteht er seine Schuld — nun so mag dann das Schwert fallen, daß er und ich und seine Mutter schnell zu Ende gehen. Kommen Sie.

Amtmann. Herr Oberförster —

Oberförster. Leben oder Tod — Ich will mein Urtheil wissen!

Amtmann. Er kann ja daher gebracht werden.

Oberförster. Ich will keine Mühe machen —

Amtmann. Wozu wollen Sie sich eine Alteration verursachen? Das Gefängniß —

Oberförster. Das gehört zur Sache.

Amtmann. Die Ketten —

Oberförster (heftig). Was? In Ketten? — (Er faßt sich.) Ganz recht! das muß sein. (Er trocknet unwillkürlich das Auge und sagt etwas weich:) Sei'n Sie doch so gut, ihn kommen zu lassen.

Amtmann. Das will ich denn auf Ihr Verlangen bewerkstelligen. — Sie sehen übrigens, daß ich ohne allen bösen Willen bin. (Geht ab.)

Oberförster. Desto besser für Sie.

Zehnter Auftritt.

(Oberförster. Pastor.)

(Oberförster geht nach dem Stuhle und stützt sich auf die Lehne. Er seufzt tief.)

Pastor. Gott erhalte Ihre Fassung!

Oberförster (sieht in die Höhe).

Pastor. Ich billige ganz Ihr Verfahren.

Oberförster (schlägt die Hände zusammen).

Pastor. Dabei halte ich es für meine Pflicht, Sie zu bitten — wenn das anders möglich ist — sich auf das Traurigste vorzubereiten.

Oberförster. Mein Gott — mein Gott! (Er setzt sich entkräftet.)

(Pause.)

Pastor. Und wenn es Ihr hartes Loos sein sollte — das Traurigste zu hören —

Oberförster (hält das Tuch vor die Augen, seine Brust hebt sich von Schluchzen.)

Pastor. Dann bleibt Ihnen ein Freund, der dem Rest Ihrer Tage sein Leben widmet.

Oberförster (reicht ihm die Hand).

Pastor. Geduld dann! — Lang kann die Bahn Ihres Jammers nicht mehr sein.

Oberförster. Das weiß ich; (steht auf) das ist auch der beste Trost.

Pastor. In diesem schlimmen Falle hat man mir freilich auf gewisse Weise eine Aussicht der Hilfe eröffnet —

Oberförster. Wer?

Pastor. Der Amtmann —

Oberförster. Was will er?

Pastor. Wenn Anton seine Tochter heirathen wollte —

Oberförster. Das thut er nicht und —

Pastor. Wenn Sie in den Dienstgeschäften —

Oberförster. Nichts! — Ist mein Sohn ein Mörder, so wird er selbst sein Recht verlangen.

Pastor. Es war indeß meine Schuldigkeit, Ihnen alles zu sagen, was zur Rettung führen könnte —

Oberförster. Lieber Pastor — wenn ein Mensch, mit einem Mord auf der Seele, niederträchtig seinen Athem erkauft, kann man das Leben nennen?

Elfter Auftritt.

(Vorige. Amtmann. Anton. Vier Bauern mit Gewehr in der Hand.)

Anton (ist in Ketten). Vater! (Er stürzt auf ihn zu.)

Oberförster (in einem Mißton von Schmerz, Liebe und Heftigkeit). Halt! dort bleib'!

Anton (bleibt auf der Mitte des Weges zu dem Vater betroffen stehen). Guter — armer — lieber Vater!

Oberförster. Alles war einig. (Heftig.) Deine Hochzeit sollte in acht Tagen sein. Aber du hörtest nicht, liefst wie ein unsinniger Mensch von deinen Aeltern weg. Ungehorsamer Mensch!

Amtmann (besänftigend). Herr Oberförster — (zu den Bauern). Geht nur hinaus!

(Die Bauern gehen.)

Oberförster. Nein!

Amtmann. Bleibt vor der Thür.

Oberförster. Bleibt hier, Nachbarn —

(Die Bauern sehen sich in der Thür um.) Kommt herein — Sie erlauben es —

(Die Bauern treten näher.) Seid Zeugen zwischen mir und meinem Sohne. Anton, ich frage dich vor diesen ehrlichen Männern — vor diesem Freunde — (auf den Pastor deutend), der dich zum guten Menschen gebildet hat, ich, dein Vater, der dir Wahrheit und Gehorsam zur Pflicht gemacht hat — ich, von dem du nie ein unwahres Wort gehört hast — ich frage dich jetzt — einst wird Gott dich fragen — bist du ein Mörder oder bist du unschuldig?

Anton. Ich —

Oberförster. Eile nicht, daß nicht dein Verderben auch eile. Antworte, die Hand auf's Herz — dein Auge auf mein Auge angelegt — Warte — (Pause.) Seht ihm Alle in's Gesicht — So! nun antworte in Gottes Namen.

Anton (die Hand auf dem Herzen, Auge in Auge mit dem Vater). Ich bin unschuldig und kein Mörder.

Oberförster (im Begriff auf ihn zuzugehen, hält er inne). Du bist unschuldig?

Anton. So wahr —

Oberförster. Wort ist genug. (Er stürzt ihm in die Arme.) Ich vergebe deinen Ungehorsam —

Anton. Vater — lieber, ehrlicher Vater — (Er kniet nieder.)

Oberförster. Ich segne dich, mein Sohn! (Hebt ihn auf und sieht ihn starr an.) Geh in dein Gefängniß — sei getrost — deine Unschuld wird an den Tag kommen — traure nicht. Dein Gewissen und unser aller Liebe und Gebet geleiten dich und werden dich aufrecht halten. — Die Landstraßen müssen sicher — die Gerechtigkeit muß gehandhabt sein — Geh in dein ehrliches Gefängniß — deine Ketten können nicht schwer sein, wenn dein Herz leicht ist. (Er küßt ihn heftig.) Geh mit Gott, Anton. (Er macht sich los. Anton behält seine eine Hand.)

Anton. Was macht meine arme Mutter?

Oberförster. Nun kann ich ihr Trost bringen.

Anton. Friedrike — ach Friedrike!

Oberförster. Ich sage dir, du wirst sie wieder sehen! — Herr Amtmann — thun Sie, was Ihres Amtes ist. Ich bin nun ganz beruhigt.

Amtmann. Das Zeugniß des Sterbenden —

Oberförster. Warum soll ein lebendiger ehrlicher Kerl nicht mehr gelten, als ein sterbender Schurke?

Zwölfter Auftritt.

(Vorige. Schulze und Rudolph, den Amtsschreiber in der Mitte.)

Rudolph. Herr Oberförster, um Gottes willen —

Schulze. Herr Oberförster — Herr Amtmann — ach, ich kann vor Freude nicht sprechen —

Amtmann. Was giebt's, Herr Amtsschreiber?

Amtsschr. Wichtige Dinge —

Rudolph. Ei, es kommen mehr Leute, die hierher gehören. (Er läuft fort.) Ich gehe ihnen entgegen.

Amtmann. Ein Tumult — (Zu den Bauern.) Ihr Leute —

Schulze. Ist alles nicht mehr nöthig —

Oberförster. Ich stehe für den Gefangenen — es gehe, wie es wolle. Redet, Leute —

Pastor. Was ist denn vorgefallen?

Schulze. Matthes kommt mit dem Leben davon —

Amtsschr. Der alte Fritz hat den Matthes verwundet — der Herr Förster ist unschuldig — der Herr Förster ist unschuldig!

Oberförster. Anton?

Pastor. Was?

Anton. Seht ihr's nun? Ich bin unschuldig — seht ihr es?

Amtsschr. Wie der alte Fritz hörte, daß man den Herrn Förster beschuldigte, ist er nachgekommen, und hat sich dem Schulzen selbst eingeliefert.

Schulze. Ich habe ein Protokoll vor Zeugen aufgenommen. Da, hier ist es. (Er reicht es dem Amtmann.)

Amtmann (liest darin.)

Amtsschr. Matthes ist dem alten Fritz unterwegs begegnet, hat ihn gereizt, darauf hat jener den Matthes verwundet. Matthes hat sich von der starken Verblutung erholt, die Wunde ist nicht tödtlich und sein Geständniß bestätigt alles.

Amtmann. Das ist erstaunlich.

Oberförster. Er hat die Wahrheit gesprochen. — (Er stürzt auf Anton zu.) Gott sei gelobt!

Anton. Vater — lieber Vater!

Oberförster. O mein Sohn! Anton, Anton, Anton, mein einziger Sohn! — Fort zu der Mutter —

Amtmann. Halt! Einen Augenblick nur. Ich weiß doch nicht, ob alles —

Amtsschr. — Alles wahr —

Schulze. Wahr, überwahr!

Amtsschr. Mit allen Formalitäten erwiesen. In fidem, Herr Amtmann.

Oberförster. Nehmt ihn gefangen, ihn und mich und meine ganze Familie dazu. — Wir wollen zu Gottes Ehre und Herrlichkeit jubeln in den alten Mauern, daß jeder, der ein Herz in der Brust hat, bitten und flehen muß. — Fort — sperrt mich mit hin zu dem Glückseligen.

Amtmann. Wenn's denn so ist —

{ Schulze. Ja, ja, ja!
Anton. So wahr Gott lebt, so ist es!
Amtsschr. Allerdings!

Amtmann. Und — da es denn so ist, so gratuliere ich und wünsche —

Oberförster. Wünschen? — Mein Einziger, ich halte dich in meinen Armen — seht doch, wie reich ich bin — was kann man mir wünschen, was ich nicht habe?

Dreizehnter Auftritt.

(Vorige. Friedrike.)

Friedrike (läuft außer Athem auf Anton zu). Ach — Ach!

Anton (fängt sie auf). Friedrike! — Friedrike! — schlag' auf, deine Augen — ich bin kein Mörder! Friedrike, höre mich — ich bin kein Mörder!

Vierzehnter Auftritt.

(Vorige. Die Oberförsterin, von Rudolph geführt.)

Oberförstn. Mein Sohn — mein Sohn! Anton!

(Pastor ihr entgegen, führt sie herein; sie umarmt Anton von der andern Seite.)

Anton. Mutter!

Oberförster. Nimm mir, Gott,

Haus und Hof — nimm mir Alles — nur laß mich die Menschen noch eine Weile so glücklich beisammen sehen.

Amtmann. So will ich denn die Kutsche bestellen. (Geht ab.)

Ein Bauer. Gott erhalte Ihn, Herr Oberförster!

Ein Andrer. Seht, wie sie weint, die arme Frau!

Alle. Die guten Menschen! die braven Leute!

(Amtsschreiber hat vorher geklingelt und einem Bedienten etwas gesagt. Jetzt tritt ein Bauer ein und nimmt Anton die Ketten ab.)

Friedrike (umarmt ihn von der Seite). Nein, ich lasse dich nicht mehr von meiner Seite — aus meinen Armen reißt dich niemand mehr!

Oberförstn. Sehe ich dich wieder? — Bist du unschuldig? — Ist er unschuldig? — —

Alle. Ja.

Oberförster. Gott sei gelobt, ja!

Oberförstn. Ach, wie ist mir zu Muthe! — Ich zittere vor Freude und Mattigkeit —

Oberförster. Gott segne uns und euch und alle Welt! (Rasch) Herr Amtmann — Wo ist er? Fort! Nun — Gott segne jeden, der sich noch schämen kann — Gott segne und beßre ihn! — Für den alten Fritz will ich bitten — betteln — Mein Sohn ist unschuldig — den Schuldigen muß ich retten, und dazu wird Gott helfen! Und nun fort — fort — dürfen wir gehen, Herr Amtsschreiber?

Amtsschr. Ja, wenn Sie wollen.

Oberförster. Kommt! (Er führt die Frau.) Anton, stütze deine Mutter — Friedrike — nimm deinen Mann gefangen — Herr Pastor — führen Sie uns zum gesegneten Eingange in die Hütte des Friedens. Herr Schulze — komm' Er mit zum großen Dankfeste, welches Er bereitet hat. Und wer Freude hat an unserm Glücke — ihr Alle, die ihr Gott dankt mit Wasser im Auge — kommt in acht Tagen auf das Hochzeitfest der jungen Leute; dann wollen wir sagen und singen: Zwanzig Jahr' wie heute! (Sie gehen.)

Druck von C. Hoffmann in Stuttgart.